Allen Ginsberg

A queda da América
Poemas destes estados
1965-1971

Tradução de Paulo Henriques Britto

L&PM 40 ANOS

Coleção **L&PM** POCKET, vol. 1150

Texto de acordo com a nova ortografia.
Título original: *The Fall of America: Poems of These States – 1965-1971*
Este livro foi publicado pela L&PM Editores, em formato 12x21cm, na coleção Olho da rua, em 1987
Primeira edição na Coleção **L&PM** POCKET: fevereiro de 2014

Capa: Ivan Pinheiro Machado
Tradução: Paulo Henriques Britto
Revisão: Guilherme da Silva Braga

CIP-Brasil. Catalogação na fonte
Sindicato Nacional dos Editores de livros, RJ

G413q

Ginsberg, Allen, 1926-1997
A queda da América / Allen Ginsberg; tradução Paulo Henriques Britto; – Porto Alegre, RS: L&PM, 2014.
224 p.; 18 cm. (L&PM POCKET, v. 1150)

Tradução de: *The Fall of America: Poems of These States – 1965-1971*
ISBN 978-85-254-3085-4

1. Poesia americana. I. Britto, Paulo Henriques. II. Título. III. Série.

13-07948 CDD: 811
CDU: 821.111(73)-1

Rua Comendador Coruja, 314, loja 9 – Floresta – 90220-180
Porto Alegre – RS – Brasil / Fone: 51.3225.5777 / Fax: 51.3221.5380

Pedidos & Depto. comercial: vendas@lpm.com.br
Fale conosco: info@lpm.com.br
www.lpm.com.br

Impresso no Brasil
Verão de 2014

Sumário

...o mesmo relampejar elétrico ao sul
segue esse trem
Apocalipse profetizado –
a queda da América
Prenunciada no Céu –

Dedicado a Walt Whitman

"Uma camaradagem intensa e amorosa, o apego pessoal e apaixonado entre os homens – algo que, difícil de definir, encontra-se por trás das lições e ideais dos mais profundos salvadores de todas as terras e todas as épocas, e que parece prometer, quando completamente desenvolvido, cultivado e reconhecido nos costumes e na literatura, a mais sólida esperança e segurança do futuro destes Estados, será então integralmente manifestado.

É no desenvolvimento, na identificação e na predominância desta camaradagem fervorosa (o amor adesivo, ao menos rivalizando o amor sensual até então preponderante na literatura de imaginação, se não sobrepujando-o) que julgo residir a compensação e o contrapeso de nossa democracia americana materialista e vulgar, bem como a espiritualização da mesma. Muitos dirão que se trata de um sonho, e não seguirão minhas inferências: porém aguardo confiante o dia em que se verão, percorrendo qual urdidura semioculta todos os incontáveis interesses terrenos audíveis e visíveis da América, fios de amizade máscula, carinhosa e amorosa, pura e doce, forte e duradoura, levada a graus até então desconhecidos – não apenas dando tônus ao caráter individual, e tornando-o mais do que nunca emocional, musculoso, heroico e refinado, porém possuindo as mais profundas relações com a política geral. Afirmo que a democracia implica uma tal camaradagem amorosa, como sua gêmea ou contraparte mais inevitável, sem a qual ela há de permanecer incompleta, vã e incapaz de autoperpetuar-se."

Democratic Vistas, *1871*

AGRADECENDO as publicações que se seguem, as quais entre outras divulgaram estes poemas pela primeira vez – *Evergreen Review, Pacific Nation, San Francisco Free Press, Fuori!, New American Review, Transatlantic, Partisan Review, Paris Review, New York Free Press, Liberation News Service, W.I.N, Magazine, Concerning Poetry, New York Quarterly, Caterpillar, Notes from Underground, The Stone, Berkeley Barb, Berkeley Tribe, Boulder Express, Scenes Along the Road, Sun Books Australia, The Seventies, Look, Capella Dublin, Buffalo Stamps, New York Times, Sing Out, Litteraturnya Gazette, Ashok Shahane, The World, Alternative Press, Alternative Features Syndicate, Holy Soul Jellyroll, East Village Other, Antioch Review, Rain, Coyotte's Journal, Big Sky, Poetry Review London, Mikrokosmos, The Paris Magazine, Schism, Rolling Stone, The Marijuana Review, Fits, The American Poetry Review, The Unspeakable Visions of the Individual* – poeta & editor agradecem editores amigos por conservarem textos antigos.

Nota bibliográfica

"Wichita Vortex Sutra" (in *Planet News.* City Lights Books, 1968) entra na sequência dos poemas do presente livro após "Poesia estradeira Los Angeles-Albuquerque--Texas-Wichita".

"Iron Horse" (Coach House Press, Toronto, 1973) entra na sequência no início da seção "Ziguezagueando de volta através destes estados 1966-67".

I

Via vórtice Costa Oeste à Leste

1965-1966

Princípio de um poema destes estados

Memento para Gary Snyder

Sob os penhascos de Oroville, céus de setembro azuis nublados, cruzando fronteira americana, maçãs vermelhíssimas vergam galhos apoiados em paus –

Em Omak garota gorda de macacão jeans conduz cavalo baio grande pelo asfalto.

Pelos morros apinhados de pinhos Coleville próximo à montanha Moses – cavalo branco num caminhão de 2 toneladas avançando entre as árvores.

Em Nespelem, sob sol amarelo, a marca da cova do chefe Joseph ao pé da serra parda estriada – cruz branca sobre a estrada.

Na represa de Grand Coulee sob céu plúmbeo, rubros geradores gigantescos ronronam através de granito & concreto pra materializar cebolas –

E água cinzenta lambe as margens cinzentas de Steamboat Mesa.

Em Dry Falls 40 Niágaras silenciosas & invisíveis, cavalinhos pastam no fundo ruivo do canyon.

Em Mesa, no rádio do carro cruzando por novo silo pra milho, suave garganta de adolescente Walking Boogie, "Quem dera que todas elas fossem garotas da Califórnia" – e a estrada negra se projeta pra longe.

Na planície perto de Pasco, morros de Oregon no horizonte, voz de Bob Dylan no ar, canção folclórica massificada manufaturada de uma alma única – *Please crawl out your window* – ouvida pela primeira vez.

Riscando o espaço, Rádio a alma da nação. A Véspera da Destruição e O Soldado Universal.

E provei do rio Snake: água de Yellowstone sob ponte verde; darshan com o Columbia, restos de óleo & penas de pássaros na lama da margem. Além do rio, bolhas prateadas das refinarias.

Lá Lewis e Clark flutuaram numa jangada: meseta-desfiladeiro do lago Wallula cheirando a chuva na artemísia, ônibus Greyhound zunindo velozes.

Sem procurar nem Passagem do Noroeste, nem Ouro, nem Profeta que salvará a Nação poluída, nem Guru que ande sobre águas prateadas atrás da represa de McNary.

Rodeio em Pendleton, mulheres de rosto murcho e frondosos chapéus de caubói na taverna, eu urbanoide de Benares. Barman com seus botões, duas mãos cheias de chope: "Esse aí saiu de onde?"

Chuva forte ao entardecer, trompas em uníssono & crescendo repetem A Véspera da Destruição, fornos das serrarias da Georgia-Pacific lançando fumaça no céu crepuscular do vale.

Noite fria nas Blue Montains, pontas polvilhadas de neve de Lariços e Abetos recurvos no lusco-fusco do amanhecer, café congelado na cafeteira marrom, dedos dos pés gelados dentro dos tênis tchecos.

Sob pinheiro, vende-se essa propriedade – Paralelo 45, meio caminho entre equador e Polo Norte – Tri-City Radio no ar céus límpidos & frio de gelar à noite; enormes margaridas amarelas, fardos de feno em pilhas quadradas da altura de uma casa.

"O Don Carpenter tem um martelo de geólogo de verdade, ele bate na pedra & quebra ela & olha dentro & recita um mantra."

Coiote saltando à frente do caminhão, & descendo encosta, pulando dentro do rio, subindo campo correndo até floresta da encosta, parou de repente & virou pra olhar pra nós – Ah! Ó! sacudiu-se e saiu chispando, a cauda fofa balançando.

Rifles & bombas de cianureto ineficazes – ele parecia espantado de verdade & apontou o focinho fino em nossa direção. Hari Om Namo Shivaye!

Come de tudo & corre solitário – 3 noites atrás pendurou bosta de urso numa árvore e riu.

– Urso: "Você anda comendo meus defuntos? Repete isso!"

Coiote: "Eu num disse nada não".

Esparsos bosques de zimbros em morros secos cor de alfazema, de Ritter Butte a Pass Creek, barato de fumo relembrado: – Cruzando fronteira canadense com latinha no porta-luvas, jovens guardas de fronteira muito-doidos rindo – No campo esqueleto de um carro velho largado: Confia em Cristo pintado na porta.

Raposa no vale, placas de estrada ornadas de sincelos, todas as janelas da igreja branca quebradas, celeiros de madeira pardos reclinados um sobre o outro, neve fina no telhado do posto de gasolina.

Malheur, Reserva Florestal de Malheur – placas envernizadas de nevigelo, sonhos congelados da noite passada retornam – olhando através do crânio pro planeta gélido – Mila-Repa não aceitava dádivas pra cobrir seu pênis ornado de joias – pico do monte Strawberry branco sob nuvens luminosas.

Cartões-postais de Painted Hills, fósseis perto de Dayville, Pra onde foram todas as flores? todas as flores? Ra e Coiote estão sabendo de tudo, trilhas de pataspés no leito do rio Day, vacas descansam ajoelhadas no prado.

Ichor Motel, rabos de peixe brancos estacionados, casa de fazenda parda isolada com torre circundada de árvores, serras de cadeia ressoando no vale.

Lava estriada recoberta de musgo verde rachando no vento frio – Garça-Azul e garça-branca migram pras águas retraídas do Unhappy – lagos-miragens do lado errado da estrada, rio de poeira sob monte Riddle, pó da serra Steen branco no horizonte –

Dormi, água congelou no copo Sierra, lago de água amarga do plexo solar à garganta – Sonhei que meu joelho tinha sido cortado à altura das cadeiras e depois suturado –

Acordei, orvalho gelado no poncho e no saco de dormir amarelo, lua feito lanterna Coleman ofuscando as estrelinhas pontas de sincelos – vomitei ajoelhado na grama à margem do arroio, narinas engasgadas de ácido úmido vermelho à luz fraca da lanterna –

Fraqueza ao amanhecer, subindo muralhas gastas de lava seguindo fonte lamacenta, aves aquáticas assobiando docemente & um pequenino guaxinim

patinhava delicadamente a lama verde, à cata de rãs enterradas protegidas do frio ártico – sumiu sob um abrigo silencioso na rocha.

Subi rumo ao lago Massacre – vale coberto de artemísia se estendia pro sul – terra de antilocabras, que comem a beldroega e o loureiro seco, caçadores vindo em caminhões pra perseguir antílopes –

Curral quebrado ao pé do morro da autoestrada, restos de vaca morta sob a luz gélida enviesada do sol poente, olhos já comidos, pescoço retorcido, barriga desabada sobre joelho, cheiro de carne doce horrível e de artemísia acre nova.

Dormi em gamela de lata enferrujada, cinturão de cristal de Orion no céu, frio metálico dormente nas costas, corvos pousaram na vaca quando o sol me aqueceu os pés.

Subindo morro seguindo nuvens de pó do *trailer,* cartuchos verdes das balas & garrafas de cerveja na estrada, lebres amassadas – por uma fenda na serra Granite, um mar álcali – tropas chinesas reunidas nas fronteiras da Índia.

Placa de lama do deserto Black Rock passando, Frank Sinatra lamentando anos distantes, velhas gravações de velhas vozes tristes setembrais, e Beatles gritando Help! vozes ululando ternura.

Toda a memória de repente presente voltando, grandes florestas secas ardendo em chamas na Califórnia, paraquedistas americanos atacando guerrilheiros nas montanhas do Vietnã, sobre estrada alva feito porcelana o azul tranquilo de um vasto lago.

Rochas piramidais esculpidas por rios do pleistoceno, pesadíssimas ilhas de lava acasteladas em água paiute, trutas; sanduíches de tomate e silêncio.

Placas do Reno's Motel serras baixas emparedando o oásis do deserto, rádio cantando música urbana noticiário vespertino, ultimato da China comunista amanhã a uma da madrugada.

Subindo garganta de Donner sobre superautoestradas com viadutos de concreto enfeitados com nuvens cinzentas, iaque Idiota mongoloide menu risível esse grupo chegou.

Encosta de pinheiros cortada pra dar lugar a trilhos, não tenho nada pra fazer, rindo no alto da Sierra, aventureiro voador na grande estrada de barbatanas de ferro e rabos de peixes, renuncio ao Céu, o Dharma não é Caminho, não tenho Saddhana a temer,

meu mundo de homens vai explodir, insetos zumbindo sob roda cantam minha própria morte e migrações da piedade, faço rir o Bodhisattva e saúdo o novo crepúsculo, indo pra casa pra velha cidade no oceano

com novo mantra pra manifestar a Remoção do Desastre de mim, massa fumacenta do incêndio florestal de outono à luz do entardecer, bola rubra radiante do sol no horizonte roxo de nuvem-terra, cantando a Shiva no carro.

Antenas de alta voltagem da Pacific Gas tracejando fios finos pelo descampado, entrando na estrada de quatro faixas Coast Range passando pela última lombada vendo a imensa luz laranja da Baía, Dylan termina sua canção "You'd see what a drag you are"* e o papa

vem à Babilônia pra falar a ONU, 2000 após nascimento de Cristo a profecia do Armagedão

balança a Bomba Infernal sobre estradas e cidades do planeta, fim de ano, luzes verdes do Terminal Militar de Oakland incendeiam na escuridão da tarde.

Base Naval de Treasure Island fulgura amarela com o trabalho noturno, milhares de lanternas traseiras vermelhas em procissão atravessando a ponte,

São Francisco assentada em morros modernos, luzes da Broadway piscando paraíso de botecos gay, suaves luzes verdes do relógio do prédio das barcas, negras águas do Embarcadero, negros berrando no rádio,

Bank of America arde rubro sob pirâmides de neon, eis a cidade, eis a face da guerra, em casa às 8

descendo do viaduto da freeway para a livraria City Lights, rosto de Peter e televisão, dinheiro e novas peregrinações por vir.

setembro de 1965

* "Você veria como você é chato." (N.T.)

Continuação de um longo poema destes estados:

De São Francisco pro sul

Ruas ribaltas
Centro de São Francisco zunindo por mim, prédios
ornados por varandas Freeway
neon Johnny Walker reluzente
árvores de Natal
E Natal com suas vésperas
no meio da mesma mata profunda
que todos os tristes natais de outrora, cercado de
florestas de estrelas –
Colunas de metal, fumaça jorrando rumo às nuvens,
horizonte de luzes amarelas
plantas bélicas marcham, pequeninos
aviões em campos aviônicos –
Enquanto isso Funcionárias separam cartas no correio
Rios de jornal pro Vietnã dos soldados
Infantry Journal, Kanackee
Social Register, Wichita Star
E o Natal dos Correios o mesmo lugar pardo
dedos pretos dos funcionários
malotes empoeirados cheios de cartas
1948 N. Y. Oitava avenida foi
ou quando Peter era motorista dos Correios 1955
no Rincon Annex –
Brilho das luzes reflexo no para-brisa,
tremor de adrenalina nos ombros

Depois da curva
se arrastando um grande caminhão
3 sinais verdes luzentes na testa
A Bayshore cravejada de joias passando pela serra
uma casa de arquiteto luz no alto da serra
......................vozes negras exultam no rádio
Baseados ao luar
Central Elétrica de Moss Landing
atirando sua fumaça de canhão
por toda a estrada, Vermelha lanterna
traseira correndo ao longo da linha bran-
ca e ao longe
o focinho de Orion
aponta
pro centro do Céu.

18 de dezembro de 1965

Estes estados, chegando a Los Angeles

Órgãos e Notícias da Guerra
    Estática radiofônica de Saigon
            "E a Glória do Senhor"
            Voz do Locutor
                em meio ao Éter –
A Trégua –
    12 horas, 30 horas?
        Trinta Dias, diz Mansfield.
    Carros rodam na faixa da direita,
    luzes da ponte
        subindo & descendo na lombada da noite –
    faróis riscam refletores correndo
Handel exultando
    coral geme Réquiem, rugido no teu Carro
                ombros na janela
Lembranças do Natal –
    e o Natal profundo começa:
                            U.S. 101 Sul
O Presidente em casa
    na cadeira de balanço na varanda
                ouvindo Cantigas de Natal
    Vice-Presidente voltando do Extremo Oriente
"Olha pra dentro de ti e vê se estás errado –
    Talvez estejas Errado" diz o Papa em Sua
                    Mensagem de Natal –
Superpopulação, superpopulação
        Me dá um pouco de terra

Me dá quanto meu irmão?
Cada homem possuir boa propriedade?
formar enormes Comunas?
Cobra-Shakti do LSD penetra Consciência feito um gás
– Vênus mais brilhante que eu já vi
Estrada de fundo de canyon, perto
do mar explodindo
& cavernas onde dormiram em anos passados
cobertas de água verde
da altura de um homem.
Um estranho pisou nesse chão.
Cinco anos atrás fizemos piquenique nesse lugar.
Marca de pneus perto de cabana de sapé, rio Bixby
teceu canais
pelas areias inquietas.
Vi o fantasma de Neal
passando, o fantasma de Ferlinghetti
O fantasma de Homer rugindo pras ondas
latindo & sacudindo o rabo
Minha própria pegada aos lábios do mar
espuma branca até a pedra onde cantei
jardim de areia secando, alga HareKrishna
de cabeça pro alto ao sol.
Dura como dinossauro, áspera
recoberta de gavinhas de algas,
Professores de rocha...

Cadê Stravinski? Theda Bara? Chaplin? Harpo Marx?
Cadê o Gordo e seu Magro?
Fantasmas rindo
indo pra cova
– Última vez essa cidade Vi eles no cinema
No final de *The road to Utopia* "Ó ilha do Caribe!"
O Gordo velho & o Magro encanecido

Fumacinha de Quadrinho Hidrogênico subindo
do Reino deles –
A feia calçada do Graumann's Chinese Theater
com marcas de pés no concreto,
estúpidas, anais, excitantes
de cabeça pra baixo, estrelenvesgado
pescocitorto vi marcas de sapatos de Myrna Loy &
Shirley Temple –
Guaxinim agachado à beira da estrada, rezando –
Faróis de carros passam –
Feliz Natal pro sr. & sra.
Chiang Kai Shek
Feliz Natal pro presidente Johnson & reze pedindo Saúde
Feliz Natal pro MacNamara, secretário de estado Rusk,
Kruschev escondido em seu apartamento,
pro nome do Kossiguin, pro Ho Chi Minh já velho,
Feliz Natal pro Mao Tse-Tung com suas bochechas róseas
Feliz Natal Chou En Lai & Gordo e Magro
Feliz Natal pro papa
& pro Dalai Lama Rebbe Lubovitcher
pros Sumos-sacerdotes de Benin,
pros Chefes das Igrejas das Fadas –
Feliz Natal pros Quatro Shankaracharyas,
pra todos os Naga Sadhus, Bauls e Derviches Cantores
do Egito à Malaia –

Placa Preta Los Angeles 230 Quilômetros
calor sufocante do carro –
Música do rádio vagabundo,
loucas, loucas tosses de emoção –
O Cessar-Fogo dos Aliados Não Será Prorrogado
"...numa área densamente povoada"
"... – Pequim jamais entrará para as Nações Unidas
enquanto a organização permanecer sob o que os chineses
chamam de Dominação Americana."

MOBILIZEMOS A GUARDA NACIONAL, disse o senador
Anderson
Indivíduos rejeitados por exame psicotécnico categoria
IY serão reexaminados
para irem servir no Vietnã.
Bradley viajando de ácido
rabiscando desenhos em Formulários do Exército?
Peter classificado Psicótico dizendo a seu Sargento:
"Um Exército é um Exército contra o Amor".
Trabalho no Natal pilha de papéis na mesa do presidente
trinta centímetros de altura!
ele tem que acabar tudo hoje!
este decidido noticiário da NBC ao entrar em Lompoc,
terra de W.C. Fields
o qual provou que todo homem é um
embromador nato:
"gasta cerca de 75% do tempo com Relações Exteriores
e está,
ah, muito ocupado..."
"e todas as cartas são respondidas".
O QUÊ? nenhuma mensagem natalina da
Casa Branca texana?
O presidente deve estar numa *péssima* –
Está mantendo suas redes de comunicações
circulando em torno do Planeta.
Música enlatada mambos vagabundos
som natalino da rádio de Ventura
Comerciais,
Alguns minutos de discurso ao vivo, pouca alegria e
agradecimentos,
nenhuma voz do Himalaia
Ânimo Feliz Kalpa
pra Dominica Vietnã Congo China Índia América
Se bem que a Inglaterra cantou com os Beatles!

"confortando todos os oprimidos pelo Demônio."
& na saída de Santa Bárbara
o Pregador gritou em glossolalia
TEU NOME ESTÁ ESCRITO NO CÉU
passando pelo Paralelo 38
Lodge falou de Saigon "Estamos moralmente certos,
estamos Moralmente Certos,
servindo a causa da liberdade pra sempre dando a essa gente
uma oportunidade... quase como pensar" –
Ele está falando no rádio com voz séria na noite de Natal pra América
Entrando em Los Angeles era espacial
três estações no rádio ao mesmo tempo –
Sons Recortados que enchem o Éter,
vozes no fundo do cérebro –
A voz de Lodge, tudo bem, Moral –
voz de um pobre assistente social,
"Ora eles não conhecem ninguém não
sabem nada sobre os pobres todo o
dinheiro vai parar no bolso dos políticos
em Syracuse, não sobra nada pros pobres."
A voz de Evers a Passeata de Natal dos negros
"Queremos ser tratados como Homens,
como seres humanos..."
Prisão em Massa de Manifestantes Acampados Perto da Fazenda do Presidente Johnson
Luzes azul-claro rodando ao longo da estrada,
estrelas noturnas sobre Los Angeles, árvores
brilho turquesa luzindo nas transversais –

Noite de Natal 1965

Poesia estradeira Los Angeles-Albuquerque-Texas-Wichita

e vamos nós!
pela América Afora –

Rumo ao leste até San Bernardino
como fez West, o Nathaniel,
voz radiofônica da moça californiana
falando sobre vietcong –
Oh what a beautiful morning
Na voz de Nelson Eddy

Dois caminhões-trailers, laranjas Sunkist de cores vivas
empilhadas nos lados
seguindo pela estrada –
Vulto pardo do monte Baldy sob
branco céu enevoado
Brotam placas Vermelhas Quadradas, Texaco Shell
Harvey House inclinada sobre superautoestrada –

Luz da Tarde
Crianças no banco de trás
com Chiclete de Bola
uma revoada de aves se elevando de um campo seco que
nem mosquitos

"...vários batalhões americanos numa operação de caça e
destruição na planície Litorânea perto de Bong Son, 500 km

a noroeste de Saigon. Por enquanto o conflito se resume a uma série de pequenas escaramuças. Numa manobra paralela 40 quilômetros ao sul, tropas coreanas mataram 35 vietcongues perto da estrada litorânea Número Um."

"For he's oh so Good
and he's oh so fine
and he's oh so healthy
in his body and his mind."*
Os Kinks no rádio do carro

Em Riverside,
uma música dos anos 20 –
"It's the only words I know/that you'll understand."**
Pra meu tio Max que morreu há 5 anos
tudo acabou – enterrado
sob a muralha de montanhas azuis,
Veias de neve no cume
nuvens passando
remotas altitudes geladas
Palmeiras no fundo do vale
como palitos cabeludos
Carrinhos de brinquedo empilhados esmagados amassados
com um guindaste por cima,
O planeta suspenso,
o ar suspenso,
Das árvores suspendem-se os galhos,
Caminhão de terra suspenso na estrada –
Espetáculo da Tarde,
canos gigantes luzindo no universo

---

* "Porque ele é tão Bom/é o maior simplesmente/e é tão saudável/de corpo e de mente." (N.T.)

** São as únicas palavras que eu sei/que você vai entender." (N.T.)

Mágica que pesa toneladas mil,
Velho vagabundo com sua mochila surrada
esfarrapada na corcunda
subindo o morro em suspenso
até Ukipah
boné de pano enfiado na cabeça
unhas pretas.

Uma muralha, uma muralha, muralha de Mesa, Tem
sombras chatas de montanhas no deserto
quilômetros de chão rosa-pálido:
– Índio no espaço.

O bafo da primavera, o bafo do medo
fronteira do México...
O cubo de LSD –
silêncio.

Lá estão os Helicópteros outra vez,
sobre a estrada, como sobre o Mekong
luzes nos dorsos piscando vermelhinhas
provavelmente patrulhando a fronteira –
canos de armas apontando pra todos os lados
– Dois pássaros mergulham sob painel do carro.
Névoa Roxa
zumbido do pneumotor.
Sacrifícios pela Prosperidade, diz Johnson.
Joshua Tree Monument
Crepúsculo azulado.
Bomba nos chineses
diz o senador sulista Stennis –
o Pégaso de neon da Mobil sobrevoando.

Rio Colorado na fronteira,
Dois limões uma laranja apreendidos,
têm Ácaros
e o cubo de ácido entrou no Arizona...

"Tudo vem do morro Crystal" –
Por aqui é tudo Quartzita –
A Coluna do Huntley no noticiário
Sukarno é Maluco? É um troglodita?
ou um amigo em potencial?

Sob o patrocínio da Mercury
que tem "o doce
sabor do sucesso" –
Eles podem ficar dizendo coisas sobre as pessoas,
Assim que a política deles é adotada vira lei por uma década –
Alguém cisma que "ele é maluco!"
política oficial, ecoada para 14 Milhões de Leitores da *Time*
e vamos atravessando o Arizona em nosso Bat-móvel –
Chegando perto de Hope, mapas oníricos desdobrados
Ondas com laços cada vez maiores,
Postes refletindo faróis de carros
atingindo minha retina
Vi o que foi
a luz viu a luz,
fogo de palha.
Olhos registram, nervos enviam ondas pro cérebro
Toque do dedo é ondas elétricas
faróis deslumbram pelos olhos –
Voz se repetindo,
oscilando amplificada –
Meditação ao cruzar por Hope...

Horrível placa de trânsito nos arredores,
Faça o retorno...
Sono lânguido nos olhos

* * * *

Matutino *Phoenix Gazette*, editorial 27 de janeiro de 66
"Não é tempo para investigar CIA
Não há um Bom Motivo para tal –
Por que enfiar dedo no Nariz?
...Verdadeira epidemia de ataques,
Pacifistas deixam Comunas dominar mundo, em vez de
Lutar Contra Eles –
gente bem-intencionada... desagradável espionagem
Sacrossanto... fugir... exigem uma investigação...
Onde vive o espírito do Senhor, vive a liberdade."
É isso aí! A trilha dos navajo –
Lua crescente se pondo nas colinas ao oeste –
Pelo rádio forças militares
defendem bombardeios no Vietnã do Norte.
Lifelines, patrocinado por Henry L. Hunt, Esculacho
Locutor de voz morta, denunciando
"uma conspiração comunista entre os jovens...
oradores nas universidades/treinados para condicionar
mentes idealistas..."
É o Chase Manhattan Bank que empresta dinheiro ao
governo branco
da África do Sul – ah, seu Rockefeller!
Se o Chase não parar com isso profetizo sangue e
violência.
A Ford tem uma fábrica,
a Ford tem uma fábrica lá –
"eles se orgulham muitíssimo
de serem sul-africanos".

"...Um foco de antissemitismo também?"

DESERTO PINTADO,
floresta petrificada
imagem arranhada de Leslie Howard nos
anos 30
...comendo bife jurássico
Olhe lá petróglifos, o Homem da Lua,
o cara de quatro dedos...
e lá, isso é o sol, com duas pontas pro Norte,
duas pontas pro Sul, duas pontas pro Leste & Oeste

Via Láctea ali, a Lua,
...e todos esses tentáculos de bichos
Nebulosa espiralada
"...Roger 1943"
eu bati no Julius porque ele comeu rápido demais o
sanduíche de queijo com abacate.

Gás ardendo, fumaça noturna de refinaria,
tubos altos de alumínio piscando luzes vermelhas
em pistas de decolagem de espaçonaves
sangue de bruxas petroquímico fervendo sob a terra –
"Parece que eles estão se preparando pra ir pra Marte."
Chegando perto de Thoreau –
Entrada do Almoxarifado do Forte Wingate –
e lá está o Divisor de Águas.
Soldados Manifestantes Contra Guerra do Vietnã punidos
Por Lesa-Presidência:
Trabalhos Forçados –
Conhece-te a Eles mesmos nos Depósitos de Petróleo

da Refinaria Shell,

Recostado no banco do carro,
pálpebras pesadas,
pernas abertas apoiadas na mesa,
Ah se eu fosse jovem outra vez e as pregas do meu ânus róseas,
"La Illaha El I'll Allah De Quê?"
Por fim entediado,
No alto de um morro, cantando *Raghupati Raghava Raja Ram*
Albuquerque Brilhante azul luzente
mais diamantes & pérolas da eletricidade
gastando mais usinas que já se ouviu falar na
Turquia ou Israel –
intensa infinda iridescência sobre negro
deserto aveludado –
Ah maravilha
laranja azul Neon Autocircundando-se Sistema-Solarizado
Lava-se Carros Texaco 19 e Famoso Hambúrguer
Lion House Pizza Italiana Autêntica ah!
rádio gorjeia ruído Eletrônico
vibrações de câmara de eco –
fantásticas Estrelas de Neon das ruas de Albuquerque
murchando virando pisca-piscas vermelhos
Globos Satélites afundando suas
lampadinhas pra dentro e pra fora –
o globo ocular.

* * *

Espaço se expandindo ao norte pontilhado de gasômetros prateados
até a serra Sandia
Estudante mochileiro

com bolsa do Fundo de Defesa Nacional
com seus óculos de tartaruga negros,
cabelos louros finos,
"Se teu país te chama, você vai?"
"Se meu país me convocasse...
aí eu ia."
Jovem americano egoísta sempre interessado na própria pele
– e carro azul veloz pela estrada
com adesivo no para-choque:
"Orgulho-me de ser americano"
no banco da frente da direita, chapelão de caubói
o motorista é um vendedor de cartas balofo –
Sentados impávidos
Picos de terra longínquos para Além dos Montes
& aqui um oasizinho horroroso, carros usados tratores
cerca de arame farpado
abaixo da estrada –
Tardes frescas claras, estrelas
azuis intensas nítidas –
Justamente o que precisávamos, a Penitenciária Estadual!
A três quilômetros entre os tojos pardos
A leste da estrada
"Aqui é Terra de Ford qual a marca do *seu* carro", Ser vendedor da Ford?
Grandes prados nevados recobrem Sangre de Cristo
nuvens, Norte, escorrendo caudas riachos de névoa
pontiaguda.

....

Uma pergunta difícil...
o que você salvaria, a tua sogra
ou o último texto de Shakespeare?

☆ ☆ ☆

Dois mochileiros, um cajun caladão
cantando com voz negra
blues companheiro de viagem.
O outro estudante esperto
cabelos ondulados, desbonito, desbonito
e doce
cara chupada de pachuco
tinha lá suas filosofias –
viajando de carona de Albuquerque
até Nova Orleans ver carnaval
900 dólares por semana, limpando bolso de bêbado, ou
então colocando placas com escadas e martelos
passou 3 anos da juventude no Sião,
Champagne & Xota 50 centavos
olhos bondosos
"Adoro comer, adoro mulher."
Cantei pra eles o Sutra Prajnaparamita
ao entrar no Panhandle,
eles saltaram em Tukumkarie –
conversando na parada de caminhão,
motoristas balofos
indo pro sul.
No Rádio entrando no Texas
Por favor Por Jesus!
Gemidos & Gritos & Berros,
Berros pelo Redentor Venenoso,
Berros pelo Jesus Peçonhento do Kansas.
Rumo a Wichita!
Rumo ao Vórtice!
Aos Enigmas de Ódio da John Birch Society
mulheres secas anticaralhais, xotamelentas
e malévola Polícia
Do Estado das Grandes Planícies
Onde tédio & fúria
bares mágicos e sirenes cercam

olho inocente de garoturbano
& estaca Vampira de política Patriótica é cravada
no peito branco de Adolescentes
alegres murmuradores
em tapetes de salas de visitas
em ruas transversais –
Crianças lindas foram expulsas de Wichita
McClure & Branaman foram embora
J. Richard White partiu sem deixar endereço
Charlie Plymell vem *Agora* pra São Francisco
Ann Buchanan de passagem,
Bruce Conners levou a piada dele pra outra costa –
com o tempo a *White Dove Review*
levantou voo de Tulsa
Começo das Grandes Planícies
O Mal acumula nas Cidades,
Olho boca jornais
Televisão concentra sua luz azul
bruxuleante mortífera no lóbulo frontal –
Carpem as sirenes da delegacia,
O inspetor do Departamento de construções Nega
O que o Departamento de Incêndios não queimou –
Estudantes partindo pra Iowa & Chicago,
Nova York acenando da outra ponta do palco –
Enquanto os soviéticos aterrissaram na lua com perfeição
Hoje, seja rocha ou poeira?
Agora renasce o Sistema Solar?
Luzes vermelhas, vermelhas no fim da estrada,
refletores de vidro,
não tem ninguém com o Pé na Estrada.
"...Não sei o que há de ser dos orgulhosos
soldados americanos no Vietnã"
diz o ex-embaixador ex-general Taylor –

Nesse grande espaço, Murcheson & Hunt,
milionários texanos
se Isolam em arranha-céus
na planície salpicada de luzes
ou, nas cidades, isolados dos veados
viúvas & sopranos europeias histéricas
tramam conspirações contra comunistas,
mandam mensagens a Nova York, Austin, Wichita
Vancouver, Seattle, a Los Angeles –
Programas de rádio sobre o Polvo Federal –
Serafins do Poder Financeiro em planícies texanas
homens imensos obesos poderosos
enviando carradas de Capital
via trem
através dos prados –
Enfiando mensagens em milhões de ouvidos limpos-inocentes
Mensagens espirituais sobre a guerra espiritual
– Vinde a Jesus
que é onde a grana está!
Voz do Texas
cantando Blues do Vietnã
com voz nasalada
"não quero morrer não/sou homem e não rastejo pra ninguém"
No coração Vital,
Caminhãozão lentamente atravessa a cidade –
Hotéis instalam placas, neon pisca o olho.
O princípio liberal do Kansas
Música marcial enchendo radiofrequências –
nas últimas semanas
ondas de música militar
tambores tambores trombetas
pulsando nas radioestações

nem mesmo triste,
Cantoras carecas
Tenores Sagrados dos anos 20
Cantando música em estilo antigo
Qual o Patriota que compôs essa merda?
Algo pra abolir o Vibrato
Índio de Buffie St. Marie?
Calamidades profetizadas por McGuire?
Eco celestial do desespero de Dylan
perante o microfone de prata
com sua roupa de cobra,
rapaz réptil
desaparecendo no Tempo –
sapateando na Lua?
Que alívio que vai ser quando os chineses tomarem o Texas!
Lifeline bombeando seu veneno de "Conspiração Comunista"
documentos Secretos Infiltram & esmagam o Vaticano
irradiado pra essas planícies vazias,
casas Isoladas com rádios
ouvindo a Rede do Horror
conquistando o Universo!
Radioestações assobiando & se chocando uma com a outra
no autorrádio –
Luar de lua cheia sobre a neve azul
Alto-falante explodindo de estática noturna
num Canto de Cisne europeu qualquer,
Di dá dis de comunicação sideral
inundando a substância do Ouvido
Assobios cicio vaticanense
espocos e iiiiips, trilhões de antenas
da rede do Shabda
Se tem silêncio não tem nada lá –

* * * *

Entrando no Kansas
torrezinhas vermelhas piscam ao longe.
Lifeline, transmitido em 7 estações –
H.L. Hunt os livros dele.
Voz fria racional pelas planícies do Kansas –
Ah essa Imensidão Liberal à nossa frente!
Caminhão parado à beira da estrada pra ser pesado

*

Voz judaica carregada no rádio em Kansas
Aviso aos judeus: a segurança está em Cristo
– Dr. Michaelson
e a Hora Hebraico-Cristã
– CP. 707 Los Angeles 53
Em 1866 & 1881 as Companhias de Carvão pagaram
2.500.000 dólares por ossos de Búfalos
O que significa 31.000.000 de Búfalos.
Punhado de Búfalos, dorsos castanhos reluzindo ao sol
Pastando à beira do rio Ginnesca –
Peter diz Ôôôô! Que
imagem eles devem ter da espécie humana –
silenciosos tolerantes, cabeças baixas,
cortando o capim –
"Agora mesmo estão tentando tomar os territórios dos
índios, perto de Hopiland.
Querem fazer subdivisões,
Direitos de exploração mineral –
As últimas terras dos peles-vermelhas –
Li no jornal outro dia
na Estrada perto de Tucson –"

Manhã azul no Kansas.
cordeiros negros pontilhados na neve
Gelo reluzindo no capim escuro à beira-estrada
Pilhas de trigo, pequenas
enfileiradas em torno de arvoredos –
Kingman Salvage, carros enferrujados ao pé do morro
enferrujado,
Observatório de Jodrell Bank afirma Fotos Sensacionais
Rochas na Lua,
"É uma superfície dura –"

informações sobre Criação de Vieiras,
preços de Carnes e Cereais
valor dos Novilhos em Dólares.
Defesa da abolição do Imposto sobre a Propriedade

Placas verdes,
Bem-vindo a Wichita
280.000 Habitantes

28-29 de janeiro de 1966

Autopoesia: fugindo de Bloomington

Zarpando pro Leste em estradas luzidias de chuva
        Indianápolis, carros de polícia passam velozes
        posto de gasolina – Parei pra comprar fósforos
PLOWL do Silêncio,
    Luzes de rua luzem azulcósmico – breu!
        POW, luzes acendem de novo!
            brilho-asfalto
                bombas de gasolina da Mobil reluzem na chuva
ZAP, escuridão, faltou luz na estrada
        sibilo de chuva
            sinais de trânsito mortinegros –
Ho! Dimetil Triptamina luzindo vibrações circulares
            centro com Espetos –
            Mandala einsteiniana,
    Espectro translúcido,
...Pontinhos oculares de televisão na casa de árvore faltou
Luz na cabeça de Ken Kesey,
    aparato neurológico espocando –
Assim passam meses depois
                muralhas da torre da Eli Lilly farmacêutica
    dormindo na escuridão da madrugada arredores de
                                        Indianápolis
Postes de luz acesos corcoveando centro de Greenfield
Reportagem de Dallas, Dirksen declara
    "Manifestantes contra guerra do Vietnã esqueceram as
                                        lições da História"

Do outro lado do rio Ohio, meio-dia
    velha ponte de arame, cemitérios de automóveis,
    Washington coberta de ferrugem – hm –

Fevereiro de 66

De Kansas City a Saint Louis

Partindo de Kansas City, Missúri   passando por
Independence   por Liberty
Renovando lembranças da K.C. de Charlie Plymell
          The Jewel-box Review,
               bichonas gordas com perucas brancas
               bostejando sobre Georgie Washington e
               Harry T.
          mais nojento que qualquer recital de poesia que já fiz
               aplaudido
pelas esposas de policiais negros pagos pela Máfia

Pro Leste St. Louis na estrada ampla
          Autoestrada 70 coalhada de caminhões
Ontem à noite meu coração quase partiu dançando ao som de
          Cant Get no Satisfaction
muita cerveja & dormi nu no quarto de hóspedes –
                              Agora
Morros ensolarados cobertos de mata sombreiam estrada
rumo às Fábricas de Sexo de Indiana –
          Cemitério de automóveis, carros vermelhos
          abandonados sangrando sob céus vazios –
     Pinturas de Birchfield, fotos de Walker Evans,
          uma casa vitoriana branca num morro –
Trumble & Bung de música de câmara
               pianesca no rádio – cultura do meio-oeste
                         pré-rock and roll

Se eu soubesse vinte anos atrás o que eu sei agora
eu podia ter regido uma orquestra sinfônica em Minneapolis
de casaca e tudo
De coração a coração, voz de Kansas de Ella Mae
"você tem medo de envelhecer,
medo de não ser mais atraente pro seu marido?"
"Não entendo" diz o rádio
"o que querem esses agitadores –
Por que não vão morar junto com os negros? Nós sempre vivemos separados, por que mudar as coisas agora? Mas vou desligar agora, algum outro marciano pode estar querendo ligar pra aí, com uma opinião diferente."
A Voz de Leavenworth
ecoando pelo espaço até o painel do carro
"...causas e agitações, assim, quer dizer, eles estão ajudando os comunistas, como diz J. Edgar Hoover, e muitas dessas pessoas têm ah, respeitáveis, bilidade, uma aura de respeitabilidade que mostra ah aah professores e estudantes..."
voz oca, um pastor
resfolegando ao telefone
"Deus criou todas as raças... e são os homens que inventaram de misturar uma com a outra, e quando elas se misturam, aí é que começa a confusão."

"Mas não tem lugar melhor que Booneville, meu chapa" –
Fim das Grandes Planícies,
sol de fim de tarde, folhas enferrujadas nas árvores
*One of these days those boots will walk all over you**

Nós, o Povo – bombardeando os vietcongues
"A inflação nos sobrepujou... governo Johnson, em vez de um Orçamento prudente... disciplinar o povo americano e não a disciplina em si..."

* "Um dia desses essas botas vão pisotear você." (N.T.)

Deitado nu no quarto de hóspedes,
minha boca encontrou o pau dele
minha mão debaixo de sua bunda
Até que o corpo todo endureceu
e o esperma engasgou minha garganta.

Michel, John Lennon & Paul McCartney
cortejando a década
suspiros dos anos 30 de volta

Velha terra rodando sem parar paciente
O chão
em que rodo
o chão
a música ascende
As discussões elétricas do chão
irradiam
O chão pontilhado de placas anunciando o Dave's Eat Eat
tracejado pelas estradas, comido por vozes
Pete's Cafe –
Terra dourada ao pôr do sol
Rio Missúri marrom gelado, vacas negras,
tufos de capim como pelos nos morros
espelhados no céu –
Falta um mês pra primavera.
Conchas do mar no chão em estratos perto do pedágio –
Velho oceano já evaporado,
Mastodontes pisaram, dinossauros gemeram
quando essas colinas marrons eram
verdes-pântanos-vaporosos-pense
Nações pantanosas
quando a John Birch Society ainda estava no calcanhar
do Pterodátilo
– Avião afundando rumo à terra

em direção a minha barata
Volkswagen pré-histórica branca sob fios de alta
tensão –
meu rosto, Rasputin no retrovisor.

Celeiro legal, serra negra arredores de Fulton
onde Churchill desceu a Cortina
sobre a Consciência
e inaugurou o frio que abrangeu o mundo
num dia gelado em Missúri
perto dos montes Ozark –
Ouvidos provincianos ouviram o Pronunciamento
Spengleriano de Ferro e Terror
Discurso Magnífico, disseram,
pra ouvidos caipiras –
St. Louis chamando St. Louis chamando
Vinte anos atrás,
Trinta anos atrás
na Burroughs School
Kenney de róseas bochechas, cabelo louro fino
olhos amendoados aristocráticos
fixos,
Morphy ensinando inglês & Rimbaud
à meia-noite pros faunos
W.S.B., bochechas de couro, sardônico
aguardando mudança de consciência,
coisa ainda sem nome naquele tempo –
café, vodca, noite pra picos,
corpos jovens
belos autodesconhecidos
perambulando por St. Louis
numa noite de sexta
tomando porres contritos em homenagem ao
futuro incrível dessas

árvores vermelhas e secas ao poente duas décadas depois
Podiam ter visto
os galhos animais, enrugados aos céus
& conhecido a profecia retorcida por vir,
se tivessem aberto os olhos apesar da tonteira do uísque
em bares à margem do Mississippi
e viajado pro campo com uma mochila pra cheirar
a terra.
Ah vovô bordo e olmo!
Antigo carvalho velho folhudo de Kingdom City sob a
luz violeta
atravessando os anos
ao som
de melódicos pianos.
Saudai, ó sábios silenciosos,
Poderes mecânicos do chão,
braços desajeitados do saber
apalpando às cegas acima do posto de gasolina
ao lado da grande antena de TV
Calai-vos, feios Professores,
para que eu & o Rádio gritemos sobre Vietnã e gás de
mostarda.

"Tortura... gás lacrimogêneo armas legítimas...
Perturba linguagem além do meu entendimento" diz o
próprio comentarista do rádio.
Usar a língua hoje
"...um grande equívoco"
no Vietnã, vozes pesadas,
"Um grande equívoco... depois que você já começou, né,
essas coisas, ãã..."
"Ir até o fim." Largar,
Língua, língua, ãã, ãã,
das bocas dos senadores, ãã

tentando pensar em pé
Dizendo ããã, educados

Mudar linguais, dizia Burroughs, *Cortar as Linhas das Palavras!*
Bem que ele dizia.
"...fornecedor desses cachorros... Sair com eles dos Estados Unidos... Major Caty... desde que não seja um cachorro branco... Agência de Cães de Guarda, Texas... Uma vez treinado, o cachorro jamais é devolvido ao dono...
Verdade francesa,
Civilidade holandesa
Asfalto negro, estrelas azuis,
procissão de lanternas traseiras rumo ao Leste,
O herói sobrevivendo a seu próprio assassinato,
seu próprio suicídio, seu próprio
vício, sobrevivendo a sua própria
poesia, sobrevivendo a seu próprio
desaparecimento da cena –
voltando em caras novas, brilhando
através das lágrimas de olhos novos,
Novas mãozinhas adolescentes
sobre pequenos seios,
pálida pele de seda nas coxas,
e a pica-cereja se levanta dura
calor inocente aponta pra cima
do ventre musculoso
da Vitória espiritual do basquete aula de inglês científico,
purificado à meia-noite na banheira da velha Cidade,
cabelo penteado para o amor –
corpo milionário de Clayton ou bicha crioula de East St. Louis
rindo juntos na sala de espera da TWA

Campos de pouso de St. Louis, luz azul,
outdoors neon ruivo,
procurando velho herói renovado,
nova década –
Piscar de casas nas ladeiras,
Estrada monótona cinzenta ligando as ruas
ossos finos de alumínio escuro sentinelas
na corcunda suburbana portando cordas bambas
pro pensamento atravessar
rio & bosque, de herói pra herói –
Crane está tudo bem, o viandante retorna
do oeste com seus Poderes,
o Xamã com sua barba
no auge de sua força,
o Doidão cabeludo de voz sutil e cômica
entra em todas as cidades
pra beijar os olhos dos marinheiros colegiais
e fazer do riso Bênção
pruma nova Era na América
espaçada de concreto mas com Alma tua
com Desejo,
ou como tu de Coração perfeito, adorável
e adorando sua própria população milhonada
um por um autodespertados
sob os letreiros radiantes
de estações de Força pairando sobre o rio
estrada sobre estrada,
ligando subúrbio a subúrbio.

março de 1906

De Bayonne a Nova York

Caminhões de poluição enfileirados corda bamba
Postes com cavaletes apontam pra Nova York
estrada negra multifaixa pontilhada de arcos
voltaicos azuis,
brilho urbano horizontando
Megalópole de fábricas ardentes –
Refinarias de Bayonne por trás da Luz infernal de Newark
caminhões em comboio passando filas transcontinentais de gasolina,
placas de segurança piscando NÃO DURMA
Transformadores enormes enormes enormes,
fumaça luminosa das Chaminés elétricas –
Mais Chaminés em chamas num quilômetro do que em todo o Kansas,
Emaranhado gigante Modesto de viadutos enxofre químico paralelo à estrada
Que cheiro borracha queimada, óleo
"refresca a boca"
Ferrugem ferroviária, vapores fedorentos pantanosos
Buzinas narinas –
Anunciante urbano bla-blablando City Motel,
espaçonaves chatas aterrissando piscar no alto
GORNEY GORNEY FUNERÁRIA
Cartazes brilhantes o
10 HS. relógio da torrigreja iluminado em Suburbópolis,
dormem as ruas coloridas da Nova Jérsei –
Holofotes elevados luzindo logo acima da serra de telhados

Anúncio da Shoprite pra noctívagos ante imensos
pântanos Hohokus e Escuridão chata e grudenta do rio
Passaic orlado de lâmpadas.
Azul aeroporto de Newark, aguardando chegada do corpo
do Embaixador uruguaio
Avião-crânio verde baliforme,
latejante diafragma vermelhuzente
pousando rápido feito tubarão
rumo aos 71 milhões trezentos e 69
Luzes às margens da pista,
Torres-robôs ostentam dístico Eastern Air TWA
acima da pista de luzes violetas
"Segundo a polícia deve ter sido enfarte –"
Atravessei barreira de pontes de carros –

Eu nasci lá em Newark
letreiro do Serviço Público anos vinte
dava pra ver de longe na fumaça
noite cinzenta sobre campos elétricos
Meus tios e tias morreram em hospitais,
estão enterrados em covas cercadas de Trilhos de Trens,
sepultados perto do neon piscante da cerveja Ballantine
onde a Western Electric tem uma usina Cósmica,
Pitt-Consoles exala gases
ácridos sobre tanques do Flying Service
Onde superautoestrada se eleva sobre Monsanto
estruturas metálicas ao luar
Pulaski Skyway pairando etéreo negro
no céu minha infância
cercado por imensas chaminés do porto,
vapor por toda parte
ônibus Blue Star rodando estradas no céu
ao lado das florestas de antenas
brilhantes perto do canal –

Ombros alaranjados do Empire State pairando sobre o
Inferno, prédios de Nova York luzindo
por sobre as árvores de Palisades
2 Caras vindos da Guerra põem tigre no seu Tanque –
Rádio urrando de garotos Roqueiros,
PARE – PAGUE O PEDÁGIO.
o carona salta na Névoa ácrida –
Funcionários de uniforme azul fazendo hora
em cabines verdes,
Desfile de luzes por toda parte
Motel Hotel
Lincoln Tunnel
Pittsburg Puttsmerda
Seagram é Qualidade
Macdaniels imenso estacionamento –
Apertamentos, varandas & enormes escolas do século
dezenove,
caminhões répteis nas estradas de Nova Jérsei
Manhattan estrelada por trás do penhasco de Fort Lee
Luzes da noite refletidas nas águas do Hudson –
Túnel brilhante iluminado de diamantes
Zumbido de caminhônibus tremeluz no Ouvido
sobre tijolos vermelhos
sob Porto do Berro whitmaníaco aqui
entrando na cidade minha, cidade Mãe, Mannahatta
Lower East Side Assombrado &
encardido de Heroína, emerdalhado das torres Edison
na costela do East River –

Porteiros de chapéus verdes despertam a tarde
em halls amarelos estatuados
canyons zefíricos ilubrilhados, Empire State de pedra
cinza
pequeno demais pra ser Deus

esnoba a doce Macy's & Seafood City
ao lado do Grant Hotel dos junkies –
Ho Ho viro à direita passo pelo Negro que atravessa a rua
acendendo o cigarro, solitário no asfalto
como o Senhor no Nebraska –
Descendo a 5ª Avenida, brr – a espinha irregular
dos postes de luz –
sinais de trânsito todos vermelhos ao mesmo tempo –
luzes insetos piscam na artéria escura
replicadas em vales de pedra em Union Square –
No silêncio espero pra ver tua casa
Asfalto cimentado, telhados com arames,
canyons, colmeias & igrejas de argamassa,
encaixada com gás de arte –
passando pela Ginsberg Machine Company
antigos teares do Edifício
Ferro de Engomar, velhas fotografias
estacionadas na mente –
Canastra teus sótãos da Rua 21 não mais escuros carne
crua direito comércio
Hoje Naomi tua stalinesca loucarrua 18 Westside
está bloqueada por um ônibus,
Sujas tuas (bêbada com vestido de festa) paredes da 16
vazio rio Hudson em perspectiva
Dali em Londres? Zé Soldado tuas Igrejas fraturadas
pardas no tempo –
Tão silencioso o Monumento a Washington!
& rapaz gay vira a cabeça na rua
atravessando 5ª Avenida no sinal,
porteiro brincando poodle
na calçada luminosa Nº 1.
velho repórter c/pasta de couro marrom
sai do prédio de pilotis reluzentes –
Pô é um milagre estar de novo nessa rua

onde um desconhecido embigodado
me olha da janela –

Linda Placa de Restaurante! acende & apaga
sob presídio feminino –
Ônibus da 6ª Avenida janela de trás iluminada
Mulher de lenço na cabeça se debruça,
esquina farmácia Whalen's, velho rosto conhecido de boné
diz adeus a moça
Hummm, Macdougal eu morei aqui
Humm perfeito, há uma vaga
Estaciono perto da livraria cheia de luzes –
Onde vou achar minha correspondência
& Harmônio, recém-chegado de Calcutá
Me esperando voltar pra Nova York & começar a
Cantar.

março de 1966

II

Ziguezagueando de volta através destes estados

1966-1967

Asas sobre o buraco negro

Apartamentos urbanos, depósitos de carvão e rios pardos
Torres meros brinquedos perto da ponte prateada.
Súbito a serpente desenrosca
c/ milhares de corpinhos em escamas de granito
rodando no acesso ao viaduto de aço Geo. Washington
atado a Nova Jérsei lá pro oeste
Raio de sol azul nos ares, bolas de vapor espesso
telhando o planeta –
O jato plana rumo a Chicago.

Terras de chão azulado, cabine fria, asas alvas
Abertas sobre horizonte raiado de névoa
janelinhas deixam entrar a meia-lua
um jato prateado paira no céu ao sul
Gás marrom da Cidade envolve a serra –
Cantando Mantras durante toda a viagem
Hare Krishna etc.
Até o jantar, grande Lago abaixo,
Ouvi doce zumbido no gemido do avião
Hari Om Namo Shivaye – Assim
Fiz minha música
Mantra Americano –
"Paz em Chicago,
Paz em Saigon –"
Crepúsculo alaranjado vivo, & mergulhando na praia-
nuvem branca

    Flutuando em imensas ondas-névoa
        até Chicago negro no fundo

Aeroporto O'Hare pista de pouso luzes-insetos azuis na
                                                  Máquina Alada
    Serra tornada aeronave sobe rumo à Lua
Redes Quadradas de lâmpadas
    Blocos faiscando avultam no horizonte
        Kremlinzado com torres vermelhas,
    Circulinhos pontilhados de trevos etéreos,
    Metrópole à noite,
Do alto, terra do Homem pele-panorama filamentos negros
        brilhante abaixo meu assento & livro –
    Impossível ser Prefeito! conhecer todos os detalhes?!
    Avenidada de luzes,
        quintais apagados
            fábricas feéricas cubiformes,
                prisões reluzentes!
Brilho fraquinho dos cinemas de subúrbio
        com Armazém na esquina,
    Vastas hordas de homens negrificados na escuridão,
        rangendo dentes por toda parte.
    Lágrimas no breu do sótão
    Suásticas adoradas na Urbe Branca,
        dentes limpos exibidos em sorrisos Répteis –

Visão de Fotojornalismo: M.L. King Apedrejado –
Terra Escura,
    Escassas redes de eletricidade Serpente
            Pontilhada entre torres
        Trocando sinais sob a lua –

***

Vivendo como feras,
    sujando nossos próprios ninhos,
        Fumaça & Vapor, cacos de vidro & latas de cerveja,
        Autoexaustão
Merda da civilização poluindo as ruas,
Névoa negra fina pairando sobre os prédios
            riachos correndo óleo
                irmãos peixes mortos –

1966

Cleveland, a baixada

Para D.A. Levy

Chegando à Baixada, atravessando
Árvores dos campanários de Cleveland
iluminadas
Luzes da ponte carros da faculdade correm ao redor
das faixas brancas
cruzando Sinais Abertos, passando pálidos Hotéis do
centro
Torres tríplices achaminadas fumegando na noite azul
prédios n'água, bruxulear daquela
fábrica na escuridão
tilintar de sino de trem
Vendo o barraco alaranjado
sob o viaduto
riscado de chuvas Tragédias dos anos 30
extrapolando ferrovias acima –
Calombos no asfalto –
aquela chama azul ardendo? Indústria!
Bom! Bom! Mahadev! Sorvete Microfone!
Condições de Batalha! Venham em Torres!
Buster Keaton morreu hoje, canções folclóricas no cheiro
de ferro da siderúrgica Republic, xxi – !
Crianças americanas atravessando a ponte amarela de
Jones Laughlin dizendo ah que
Beleza, e Trabalhai com o Piche
no morro do fogo com a Prensa,
sob a fumaça negra –

Ah sim olha, as luzes da fábrica do lago –
Que nem um órgão aquela chaminé
onde Hart Crane morreu –

Esqueleto de Tanque Negro elevado acima luzes amarelas
da ferrovia,
robôs ilustres esticados com fios,
órgãos fumegantes de Deus na Baixada de Cleveland
Fornalhas de soleira aberta iluminam o céu,
posto de gasolina noite-e-dia
Foguistas polacos ficando sem dinheiro
"Amish barbudo baixinho, cara quadrada & incestuoso,
mulheres orelhudas dentuças, como gatos vesgos"
Descendo pra Steelton, aquele cheiro Quê que é isso?
Os caras sobem & descem na refinaria de Craqueio subindo
escadas na luz branca –
Cheiros de butano – Creosoto –
"Olha aquela nuvem de gás que a gente acabou de passar –"
Imensas chaminés gêmeas ali –
Filhos da era espacial vagando feito órfãos perdidos
pela paisagem repleta de ferro –
seus avôs suaram nas fornalhas!
agora eles só sabem desses foguetes todos prateados
que aparecem
Tremulando na Televisão –
Eu só sei isso.
Movei engrenagens movei
pela Independent Towel –
Dakota Hotel, velho prédio de tijolos Vermelhos,
na Carnegie até University Circle,
Om Om Om Sa Ra Wa Bu Da Da Ki Ni Yea,
Ben Zo Wa Ni Yea Benzo Bero
Tsa Ni Yea Hum Hum Hum
Phat Phat Phat Svaha!

junho de 1966

Um juramento

Hei de vagar por estes Estados
careca de barba
olhos olhando da janela do avião,
cabelo solto no ônibus Greyhound meia-noite
debruçado no banco do táxi pra admoestar
o motorista zangado xingando
mão levantada pra acalmar
seu veículo indignado
que eu passo com o Sinal Verde do respeito comum.

Senso Comum, ternura comum
& tranquilidade comum
os meios de que dispomos na América pra controlar a
máquina da guerra devoradora de dinheiro, indústria
cheia de luzes
por toda parte a digerir florestas & excretar pirâmides macias
de papel-jornal, patriarcais Sequoias e Pinheiros
em silenciosa Meditação assassinados & regurgitados
em forma de fumaça,
serragem, tetos histéricos de Novelas de TV,
Vidas grossas mortas. Anúncios sofisticados
pra Governadores mandachuvas
arrotando Napalm em palmeira arroz floresta tropical.

Dinamite nas matas,
galhos voando em câmera lenta
trovão ravina abaixo,

Helicópteros rugindo sobre Parque Nacional, Pântano
do Mekong,
Fogo de dinamite arrebentando Vilas-Modelos,
Violência gritando pra Polícia, Prefeitos se irritando no
rádio,
Taca bomba nos Crioulos!
taca Fogo nesses Chinas
Dragão Frankenstein
balançando a cauda sobre a cúpula do reservatório de
petróleo de Alumínio de Bayonne!

Hei de vagar por estes Estados o ano todo
olhando melancólico por janelas de trens, azul aero
campo
rede de TV vermelha nas planícies da tarde,
decodificando mensagem editorial Provinciana de
radar,
decifrando pragas de empregados de Canos de Ferro
batendo martelos levantam garra mecânica
se elevam sobre agonia porto-riquenha gritos de
advogados nas favelas.

11 de outubro de 1966

Ouro outonal: outono na Nova Inglaterra

Autopoesia até Hanover, New Hampshire

Tossindo na Manhã
Acordando com uma fera a vapor, cidade destruída
Bate-estacas socando o entulho,
Chaminés vermelhas derramando substâncias químicas
dentro das Narinas de Manhattan – ...
"Todos a Bordo"
Barrancos cor de ferrugem se avultando à margem da
superautoaestrada até New Haven,
Corada de folhas Outonais, fumaça de outubro,
aguardente do interior sinos no Rádio –
Come Carne que você vira fera
Fuma Nicotina que tua carne multiplica
monstrinhos de câncer,
Fica Rico que tua mente se perde num milhão de
papeizinhos verdes,
– Cheiro de borracha queimada por escavadeira
mecânica –
Mamíferos dotados de visão planetária & narigões,
andando num fusquinha verde numa estrada de
concreto de três faixas
passando pelo cemitério
pontilhado de bandeirinhas americanas onduladas de
brisa, Avenida Washington:
Sampanas em batalha na costa do Delta do Mekong

Políticos cubanos em Moscou, analisando a China –
Folhas amarelas na mata.
Milhões de tons vermelhos,
céus pardos sobre afloramentos
de arenito ao longo da estrada –
vacas e milharal amarelo,
gemido de rodas sobre granito,
telhados brancos, bosques de Connecticut
pairando sob as nuvens –
Outono outra vez, quem está na cidade nem sabe
Tem que sair de carro ver os pássaros
passando em bando pelo arbusto amarelo –
No Outono, No outono, essa parte do planeta é
famosa pelas folhas vermelhas –
Difícil pro Homem na terra escapar das arapucas da ilusão –
Tudo errado, o processo de pensamento ouviu berros
desde a Infância,
O Eu composto de incontáveis pensamentos
do futebol ao Sou O Que Sou,
Difícil parar de respirar fumaça de fábrica,
Difícil sair de den'das roupas,
difícil esquecer o casaco verde –
Árvores gritam & soltam
Folhas de cores vivas.
Sim Árvores gritam & soltam folhas de cores vivas,
Duro sair da cama de manhã
no gueto –
Até felicidade sexual um projeto a longo prazo
Pra manter a mente em movimento –

Caminhãozão Cinzento descendo a estrada
pra descarregar mercadorias –
Galhos brancos ossudos de bétulas aliviados de seus fardos
– viaduto, viaduto, viaduto

atravessando a estrada, mais tráfego
entre as cidades,
Mais sexo transportado pra toda parte –
Lanternas traseiras piscando
Rumo ao hospital dos Veteranos onde todos nós
podemos arriar,
Esquecer Prazer e Ambição,
ficar tranquilos e deixar corar
as folhas, ligados
pela doutrina relâmpaga que faz tocar
os telefones
interrompendo meu sonho agradavelmente
humilhante
no vestiário
ontem à noite? –
Salgueiro Chorão, qual foi tua catástrofe?
Carvalho Vermelhão, ali, o que te preocupa?
Mamífero Peludo quê qui tu quer,
Que mais além de um cemiteriozinho
perto do lago na estrada do aeroporto,
Torres elétricas marchando pra Hartford,
Altos de prédios espetados no céu,
fábrica de asfalto trevos espalhados pelos campos
Fumaça entre os fios, rio Connecticut de muros de concreto
passando pelos gasômetros da cidade, prédios
barcos de vidro,
centro da cidade, dez quarteirões quadrados,
Norte, Norte na estrada, logo fora da cidade, campos verdes.
O corpo é uma fera grande.
A mente se confunde:
Passei os 4 últimos anos achando que eu era meu
corpo,
e todavez que tinha dor de cabeça, Deus me dava
Ás de Espadas –

Achei que eu era consciência mental nos 10 anos anteriores,
e todavez que eu ia ao Dentista o Kosmos
desaparecia,
Agora não sei quem eu sou –
acordo de manhã cercado
por carne e fios,
bate-estacas arrebentando o chão do quarto,
Imagens da guerra irradiadas por apartamentos
Televisivos,
Caos maquinal na Terra,
Corpos demais, bocas sangrando em todos os
Continentes,
reboco da minha própria parede rachado,
Que espécie de profecia
pra essa Nação
De folhas Outonais,
pra essas crianças no Colegial, verdes
blusões de lã
correndo atrás da bola de um lado pro outro –
A norte de Long Meadow, Massachusetts
Pilares de Sol
Atravessam amarelos aos milhões
luz azul através das nuvens,

Presidente Johnson num avião rumo ao Havaí,
Escoltado por caças acima & abaixo
rosnando no ar –
Estalidos de eletricidade radioestática vindos do centro
de comunicações:
Eu transmito através do Tempo,
Ele, com todos seus rádios & radares,
só um Instante –

Na Avenida Central de Northhampton,
casas com cumeeiras tarde de sol,

varanda de biblioteca com Hera –
Calça largona, camisa de briga cheia de folhas,
cabeça de abóbora pintada no Canto do Telhado,
– ou pendurada de árvore quintal da frente estrada de
interior –
Gravadores, cigarros, cinema, imagens,
Dois Bilhões de Hambúrgueres, Pensamento Cognitivo,
Música de rádio, carro em si,
este Poeta pensativo –
Interrupção de Tarde de Outono cores vivas,
nuvens foram embora –
Céu azul feito placa de sinalização,
porém linguagem intervém.
na estrada 9 rumo ao Norte –
"Então Morre, meu verso" gritou Maiakóvski
Morre como os carros enferrujados
empilhados no campo –

Entrando em Whatley,
Sentidos deslumbrados na serra,
verdes populações vegetais
nuançando as pedras de amarelo sem nome,
véus de luzente Ilusão sobre a Nova Inglaterra,
Véu de folhas Outonais estendidas sobre a Terra,
Véu azul transparente sobre os sentidos,
Linguagem no céu –
E na cidade, véus de tijolo,
cortinas de janelas,
cenários de Wall Street,
Paisagens de botequins –
ou muro de favela rabiscado
"Os Elementos Burgueses têm que ser eliminados" –

Todas as vacas reunidas no meio do pasto em torno do
caminhão da comida,

balançando as caudas, sequiosas da ração amarela
que enche a barriga
e faz os olhos brilharem
& a boca fazer Muuuuuu.
Então elas deitam no pasto verde oco
pra morrer –
Na velha Deerfield, Tribos Indígenas & Quakers
vieram & tentaram
Conquistar Tempo-Ilusão –
Abóboras do Dia de Ação de Graças
permanecem à margem da estrada,
assinalando anual Magia
gordas no chão.
Folhas grandes pendem & ocultam a varanda,
& bebês se espalham às luzes vermelhas
da ponte de Greenfield.
A Águia verde num pilar de granito –
placa indicando estrada 2A A Trilha dos Mohawk,
Boticário na Federal Street & cemitério no qual
atletas colegiais
correm nessa tarde –
Ouro ouro vermelho ouro amarelo ouro mais antigo que
as cidades pintadas.
Ouro nos barrancos do rio Connecticut
Ouro na estrada de Ferro;
ouro escorrendo pela margem do rio,
Ouro no olho, ouro na serra,
áureas árvores ao redor do celeiro –
Silenciosas serras de ouro pequeninas. Êxtase-Ilusão de
Outono
A 110 km/h

17 de outubro de 1966

PRONTO, TERMINEI COM A MAIOR PICA

Pronto, terminei, com a maior pica já vista.
3 da madrugada, sala cheia de elétrica amarela silenciosa,
cortinas cerradas sobre Nova York, uma janela iluminada
em arranha-céu inacabado.
Barba Branca de Sábio Hindu
fotos do Deleite-Ser-Consciência pregadas
à estante cheia de Milarepa Cósmico, *Escritos Proféticos*
de William Blake, *Lógica Budista* & *Hino à Deusa,*
e muito outro tomo de brinquedo de saber oriental merda
de poesia;
Poe sóbrio sabia seu crânio branco, Stein tranquila
repetiu uma ideia simples *Criação de Americanos* na
fronteira da
Era Espacial esbranquiçando pensamento à transparência.
Paz!
Pronto, terminei com desejo corpóreo de pica, raiva
gritando com motoristas de ônibus, Presidentes & Polícia.
Na outra margem, casa vazia, nenhum amante
sofrendo sob lençóis, bebês não concebidos tranquilos.
Onda, um calorzinho abdominal, o ônibus tritura
paralelepípedos furando o sinal fechado, caminhões de
lixo elevam nádegas
de ferro, molho de carne velho & latas descem pro fundo
no Campo de Aviação. Bosques das margens da cidade
acenam galhos
na brisa fria escuridão sob lua natalina.

14 de dezembro de 1966

Estrada de Bayonne a Tuscarora

Tanques d'água cinzentos na Névoa cinza,
torres robóticas
cinzentas levando fios através da fumaça de
Bayonne, cúpulas
prateadas, verdes fábricas de louça fumegantes,
enfeites de Natal esquecidos pendurados
numa chaminé –
Estrada cinzenta monótona rumo ao cinzento Oeste –
Meio-dia, planeta enfumaçado
Rodas de caminhões rugindo & avançando
passando pelo depósito de lixo
Cheiro de gás subindo ao viaduto
tanques de óleo em poças congeladas, escadas de
guindastes &
Suportes de geradores elétricos, Baterias
descobertas sob o céu
Raiva no coração –
alucinações dentro do carro, sacolejando
fantasmas de ossos dum lado pro outro
ao lado da porta do carro – geladeira quebrada –
Rumo à estrada da Pensilvânia
Sempre-vivas na Neve
Roupa na corda do bangalô azul
Mansfield e U Thant pedem cessar Bombardeio do Vietnã
do Norte
Departamento de Estado diz "Olho Por Olho".
Frank Sinatra com voz de negro

entra em nova fase –
De cara no chão 50 anos "Já fui mendigo & palhaço
poeta & estrela, em julho me enrodilhar
todinho e morrer".
Rádio bombeando
rock & roll artificial, Beach Boys
& filha do Sinatra em playback
painel de carro com antena vibrando
Falsas emoções transmitidas por todo o País
Vozes naturais tornadas sintéticas,
fleuma obliterada
Os mais vivos trabalham com eletrônica –
Quais as canções populares na Estrada?
"Pra Casa estou voltando pra Casa sou Soldado –"
"A garota que eu deixei...
Eu fiz o melhor que pude
Pra garantir a liberdade da pátria
Sou soldado"
Seduzidos pra Guerrear
assim Anunciadores de Rock & Roll comercial
Falsos Falsos Falsos
"Prove esta carne –"
A&P Superright fracos terrenos em volta
Fábricas construindo, ondas médias traficando...
Árvores se espicham paralelas no céu cinzento
Caminhões amarelos pela estrada abaixo –
Hipnose de ondas médias
Na casa só pode quebrar o transe
se desligar o aparelho
No carro faz os olhos virarem pra dentro
em vez de verem a neve na serra,
a mente apagar a floresta de bétulas
faz a pessoa esquecer o carro azul no gelo,
Faz a mente percorrer corredores de Supermercados

procurando latas de Cola-Esmalte
Economize-Seu-Dinheiro
feita de ossos humanos fabricada no Vietnã do Norte
durante uma alucinação de gás de mostarda:
O Som Supersucesso do Rádio Americano.
Estrada de Tuscarora
Campos nevados, luzes vermelhas piscando no carro
quebrado
Pelos genitais da serra tranquila escuros ao Poente
Lindo crepúsculo sobre pequenez humana
Intimidade pensilvaniense,
aproximando Túnel de Tuscarora
Momentos tranquilos no acostamento, neves intactas
dos Montes Tussie.
Míssil perdido Não programado
Contorcendo-se em pleno voo pra cair a 150 km
ao sul de Cuba no
Caribe Azul!
Mensagens diplomáticas trocadas
"Não se Preocupem é só o Sol Poente –"
(Correspondentes ocidentais reunidos em Hanói)
"bola perfeita alaranjada em xícara de nuvens"
Neve Suja empurrada pra margem da estrada de Asfalto –
Morro acima os bosquezinhos onde as meninices
crescem pés descalços –
Anoitecendo, "4 jan. 1967, Vaticano Anuncia hoje
Proibido Jazz no Altar!"
Talvez na África
talvez na Ásia lá tem música esquisita
& danças estranhas perante o Senhor
Mas aqui no Ocidente Chega de Jazz no Altar,
"É um costume alienígena –"
Missa Luba explodindo no rádio com Tambores Demoníacos
acompanhando Kyrie Eleison –

Milhões de crucifixozinhos ocidentais de prata à venda
nos Domínios do Rei Balduíno –
TV a Cores este ano – toda semana
o Papa descansa & cochila ouvindo música clássica
com seu chapéu roxo –
Gyalwa Karmapa no Sikkim
todo ano mostra seu Chapéu Mágico preto
mais incrível
feito de pelos de dakinis
E basta vê-lo que se tem a Salvação Total –
Quinze quilômetros de Gangtok – vem ver!

* * * * *

Mary Garden morta em Aberdeen,
Jack Ruby morto em Dallas –
Suave incenso verde dentro do carro.
(Dakini dormindo cabeça baixa, cabelos em tranças
com seu colar de contas de Rudraksha
atravessando de carro a Pensilvânia.
Julius, barbado, não comeu nada o dia todo
debruçado pra frente, lábios apertados, calmo.)
Dorme, doce Ruby, dorme na América. Dorme
no Texas, dorme Jack de Chicago,
Amigo da Máfia, amigo dos canas
amigo das dançarinas –
Debaixo do viaduto perto depósito de livros
Debaixo do hospital Atacado por Carros,
Debaixo das Boates debaixo de todos os
corpos que gemem em Dallas,
debaixo dessas bocas zangadas
Dorme Jack Ruby, enfim descansa,
com teu buquê de câncer.
Ruby, Oswald, Kennedy mortos

Chegou o Ano Novo de 1967,
Reynolds Metals subiu Meio ponto
Mary Garden, 92 anos, dormindo hoje em Aberdeen.

Três caminhões enfeitados com luzes amarelas sobem a ladeira devagar
sob sombra de rede hibernal, árvores nuas, anoitecido.
Sob Monte Tuscarora, túnel longo,
A WBZ Boston pegando no rádio –
"Ninguém precisa de sorvete ninguém *precisa* de maconha
ninguém precisa de cinema."
..."Discussão Pública."
O Ato sexual presta? As crianças podem entender?
fora do Túnel,
A Voz de Boston retorna: "circunstâncias controladas..."
Dentro do túnel, silêncio estática,
Caminhões passam rugindo em névoa de carvão,
Raiva adormecendo no coração.
Rembrandt branco, a serra –
Silo cúpula prateada dominando casa
no Lugar da Branca Realidade
fazenda mais adiante,
Névoa Tranquila no Bosque,
Silenciosa Realidade em toda parte.
Até que a vista dá com os outdoors –
A Silenciosa Realidade de Diamante do restaurante Howard Johnson's
"faz muita diferença."
Estudantes bucha pra canhão preparados pra próxima sessão do Congresso
Monte Willow, monte Willow, Bucha pra Canhão, Bucha pra canhão

E os Filhos dos Donos da Guerra são isentados do combate
criado por seus pais –
Os que têm capacidades intelectuais financeiras os que são
universitários até 1967 –
Lentamente as notícias da guerra do rádio
sobrepujam os sentidos –
Fotos de negros em Rochester
assassinatos a machadadas em Cleveland,
Raiva na base do coração
em toda a Nação –
Maridos dispostos a matar suas mulheres
ao menor pretexto-estatística
Eu podia pegar um machado e partir o crânio de Peter
com prazer –
Grandes caminhões se arrastando estrada acima
com luzinhas-insetos amarelos perto de Pittsburgh,
"The Devil with Blue Dress" transborda do rádio,
faróis brilham em placas de motéis na escuridão,
Seres Satânicos cobrindo a natureza
espetada d'árvores.
Estalar de metralhadoras, zunir de grilos, rugir de aviões,
grito de órgão a vapor, bzzzs.

Janela aberta sobre Chicago

Noite de pleno inverno,
cruzamento de Clark com Halstead polvilhado de neve
recente
luz de restaurante piscando na esquina
há décadas atrás
Chaminé espetada acima dos telhados & caixa d'água
pairando imóvel acima de avenidas
iluminadas de azul,
céu mais negro que no leste
apesar de toda fumaceira siderúrgica
vinda do Sul que acumulou no céu.
O centro da cidade – que nem a Gotham City do Batman
encouraçada de Luzes,
torres piscando sobre as nuvens,
radiopatrulhas faiscando nas Avenidas,
espaço acima da cidade enevoado de fuligem fina
carros furando devagarinho sinais fechados na Avenida,
exalando branca fumaça de inverno –
Venha Comer dizia a placa, então entrei na Lanchonete
Espanhola
A garota no balcão, cujas raízes bufantes amarelas
ficavam pretas no seu rosto chupado,
mexia o café com mãos marcadas
de furos de agulhas,
em cujos pulsos noturnos tinha agulhadas,
cicatrizes nos braços: –
"Quer ir comigo prum Quarto de Hotel?"

A Puta da Heroína
trinta anos atrás assombrando as ruas noturnas de Chicago,
eu vir tão tarde aqui com minha barba!

Placa de restaurante da esquina a piscar, carro da polícia virou
levando pra cadeia carregamento de vagabundo,
negros uniformes patrulhando as ruas
onde o sofrimento
levanta a mão trêmula de Mal de Parkinson
pra pedir um cigarro.

O psiquiatra veio atender alguém no 12º andar desse Hotel –
De onde virá a Raiva?
De fora! Mensagens pelo Rádio, imagens na Televisão,
Redes Elétricas espalham
medo do assassinato nas ruas –
"Meios de Comunicação"
impingem a Guerra do Vietnã & sua ansiedade em toda
pele privada
em quarto de hotel ou ônibus –
Sentado, meditando tranquilo no Grande Espaço lá fora –
Bip Bip di da di rádio ligado, Televisão
murmurando,
bombas explodindo na carne
carne dele carne minha é tudo a mesma –
A Dakini no quarto de hotel se mexe em pleno sono
e as notícias da Guerra pulsam pelo Éter –
Gritos na esquina vagabundos entram
no camburão de metal.
E tem uma igrejinha no meio de Chicago
Com seu negro pináculo espetando o negro ar
E tem as novas Utensil Towers redondas no horizonte.
E tem brilho vermelho do Central Neon
nas paredes silenciosas dos prédios às 4 da madrugada,

E tem as orgulhosas Luzes & Torres da Cidade Central
do Homem
tão patéticas às 4 da madrugada, viajante de passagem,
olhando de janela de hotel sob o Céu –
Esta metropolezinha é o melhor de que somos capazes?
Estas torrinhas répteis
que tanto se orgulham de seus Executivos
deviam botar uma placa bem grande no centro da
cidade
pra Anunciar
a velha placa da Connor's Insurance desbotada na
parede de tijolos do edifício –
Neve em telhados desertos & Estacionamentos –
Mataporcos do Mundo!?
Táxi-Harmoniosa Modernidade já velha-enferrujada –
Tão bonitinha a Existência! Ficar à janela
lamentando a pedra & tijolo de Chicago
subindo verticais carinhosamente,
pendendo do céu.

Cotovelo no peitoril,
debruço-me e medito, mais alto que qualquer desses
prédios
Fumaça da minha cabeça
se misturando à poluição
Elevadores subindo & descendo minha perna
Casais copulando em camas de hotel na minha barriga
& parindo filhos no meu coração,
Olhos brilhantes feito Luzes de advertência,
Cabelos caídos como nuvem negra –
Fecha os olhos pra Chicago e seja Deus,
toda Chicago é, é o que se vê –
Aquela fileira de luzes Finance Building
dormindo em seus rés do chão,

Vigia mexendo
café em copinhos de papel perto de portas de vidro e
Bronze –
e sob a ponte, água marrom
flutuando grandes toletes de gelo aos pés dos prédios
nessa metrópole de ventos
à espera de uma Bomba.

8 de janeiro de 1967

Voltando a norte do vórtice

Guarda Vermelha combatendo trabalhadores do campo
em Nanquim
Ho-Tei treme,
morte de Mao se aproxima.
Neve em Iowa
pés de milho em encostas geladas,
rodas de ônibus a murmurar em brilho vespertino rumo
a Council Bluffs
porcos ao sol, coelhos mortos no asfalto
passando por Booneville, Crane silenciosa,
estrada vazia – silêncio ao
se abrirem as portas da casa, mesa posta, ninguém em casa –
placa através do para-brisa
Mais de 160 Km até o rio Missúri.
Qual brinquedo o maço vermelho gravado de Pall Mall
celofane brilhando ao sol,
cabeça de índio coroada,
mostrando à minha vista folha seca de história
agora que eu não mais estendo a mão até o cinzeiro
& desde o Natal não fumo um cigarro.
Uma baforada me lembra o almíscar da felicidade máscula
dos 18 anos
que percorreu minhas narinas a primeira vez que beijei
outro corpo humano –
aquela vez com Zé Soldado, o que me seduziu
a fumar –
Vou dar a meu Mestre um presente que nem Papai Noel –

nenhum apego –
Nem carne nem cigarro – até o sexo questionável
Agora na América ardendo por bilhões
de agulhas de Guerra.
Desligue-se da Matéria, & olhe ao redor
ao espetáculo de neve em Iowa,
Terra & céu espelhando
sua luz recíproca,
caminhõezinhos de carne descendo a ladeira
rumo às profundezas de Omaha.
Isto é História, parar de tragar folha da Raiva
pra dentro do pulmão de um homem,
olhando pras fileiras de lápides
no bosque da serra pela janela de trás.

Isto é História: Melhor Seção de Quadrinhos de Iowa:
Domingo, dr. Rex Morgan na nevasca,
Vilão bigodudo olhos cruéis
longos cabelos europeus
enrolando o doutor
"*Enquanto isso, sob o efeito do LSD*
Veronica corre pelo campo
em estado de pânico" –
Autor: Dal Curtis
Num quadrinho roxo os peitões dela caem na neve.
Gelo cinzento flutuando no Missouri, pôr do sol chegando
em Omaha
Bishop's Buffets, Chocolate Alemão, chão totalmente
acarpetado
Om A Hah, Om Ah Hum
"*A nação os chamou, e eles a amavam*" inscrito em granito
Lintel do prédio dos Correios, Walt Disney
passando no cine State uma semana após sua morte.

Serviço de restaurante, lareira, poltronas,
homeostase em Omaha.

Revista do Steve Canyon em Cores;
helicóptero do Batalhão de Construção Naval
operação lançar pontes
sobre o "Lago do Vento Negro"
Princesa Snowflower vai
"falar no megafone pros
pastores –
Pra não pensarem que é coisa da China Comunista."
Crianças de dez anos na manhã
de domingo sol sobre o tapete
sonhando com Steve Canyon louro de malares fundos
e pica grande
fodendo os covardes
amarrados nus de bruços no chão do helicóptero solitário
E na Tarde de Domingo o Reverendo Pregador
C.O. Staggerflup –
A Esperança da América
C.P. 72 Hopkins, Minnesota
Isaías denunciando a raiz do Mal a toda a Nação
14 bilhões 200 milhões por ano pro Sistema de Dívida
Financeira,
Derrotando as trevas em Nebraska –
Abastecimento de água luz de Xangai interrompido por
inimigos de Mao
Sou uma Pedra, sou uma Ilha gritam almas
radiofônicas
passando ao norte do horizonte luminoso do centro
pequenino de Lincoln:
Bancos quadrados encolhidos sob as torres do
Capitólio piscando vermelho,
torre elétrica nuvens de vapor

em faixas no alto de edifícios
sob luz-rubi noturna da cidade –
Que os vietcongues derrotem o Exército Americano!
Dados de profecia lançados nas planícies gigantescas!
Marcha com tambores no rádio, marcha com raiva na boca,
Xilofones & trompas gritando no cérebro americano –
Nossa violência ainda a mesma após um ano
de volta ao meio da América, profetizo contra
esta minha própria Nação
enlevada em guerra hipnótica.
E por mim nós perderíamos a guerra & o ânimo
& nossos exércitos seriam desbaratados tal como
desbaratamos os guerrilheiros aéreos
de nossa covarde imaginação.
Mães chorem & Filhos emudeçam
vossos irmãos & filhos assassinam
os lindos corpos amarelos da Indochina
em sonhos inventados pros vossos olhos pela TV
toda essa conversa fiada sem sentido bostejada pelo rádio,
essa política ditada pelo jornal
Pensamento Consciência
Forma Sentimento Sensação Imaginação os
5 skandas, domínios do Buda
Invadidos pela mídia eletrônica KLYL
Departamento de Jornalismo
& vós presos nesse Kansas a piscar vermelho
uma antena elétrica gigantesca delicada se eleva
na escuridão de inverno das planícies de Nebraska
janeiro de 1967
espero que a gente perca essa guerra.

Base aérea de Lincoln, Ruby, Gochner
estrada federal 80 perto do rio Big Blue,
Hora da Bíblia no rádio, Dallas Texas

um narigão saindo do painel do carro
exigindo o teu Juramento de Fé!
Dinheiro dólares ajude
A Hora da Bíblia.
Teu compromisso com Deus de mandar
100 ou 10 ou 2 ou 1 dólar por mês à
Hora da Bíblia –
A rede elétrica se autopromovendo:
"O meio é a mensagem"
Mesmo assim, Vem, Senhor Jesus!
Atravessando Nebraska à Meia-Noite
rumo North Platte & Ogalalla
voltando pela superautoestrada negra a Denver.

8 de janeiro de 1967

Lambe-saco

Lambe-saco é a Parte da Paz
Os Estados Unidos vão ter que Lambe-saco da Mãe Terra
Os Brancos vão ter que Lambe-saco dos Pretos, pela Paz
& por Prazer,
Paz só é Possível assim: Lambe-saco.

Houston, Texas
24 de abril de 1968

Elegia Che Guevara

Tribune Europeu, rosto de rapaz em foto olhiaberto,
garoto imberbe feminino radiante
recostado sorrindo olhando pra cima
Calmo como se lábios de mulheres beijassem partes
invisíveis de seu corpo
Velho cadáver em repouso de menino angelical,
perceptivo Médico argentino, petulante Major cubano
cachimbo na boca & escrevendo sempre no Diário
entre mosquitos Amazonas
Dorme na serra, renunciou o tédio do Trono de Havana
Teu pescoço mais sexy que tristes pescoços envelhecidos
de Johnson
DeGaulle, Kossiguin,
ou o pescoço baleado de John Kennedy
Olhos mais vivazes erguidos para jornais da morte
Do que preocupadas Câmaras do Congresso vívidas
passando
telas pontilhadas pra sombreado de TV, MacNamara
de olhos vidrados, Dulles na velhice...

Mulheres de chapéus-coco sentadas na lama do subúrbio
a 4.000 metros de altitude no Céu
com dor de cabeça em La Paz
vendendo batatas pretas trazidas de cabanas de sapé
no Puno orlado de montanhas
teriam adorado teu desejo e beijado teu Semblante
novo Cristo
Vão levantar máscara de olhos-lâmpadas vermelhas

e presas brancas pra assustar os soldados-fantasmas
que balearam teus pulmões

Incrível! um rapaz abandonou a sala de operações
ou cura da hepatite nos Pampas
Pra enfrentar os armazéns da ALCOA, Multiassassina
Diretoria da United Fruit
Conselho Diretor da Universidade de Chicago
Produtora de Poluição
Fantasmas Advogados alinhados com a morte
Os Advogados Dillon & Reed de John Foster Dulles
Bigode de Acheson, chapéu duro de Truman
Enlouquecer e se esconder na selva numa mula & apontar
rifle pra OEA
pras Cortesias egocêntricas de Rusk, tropas metálicas do
Pentágono
intrépidos Anunciantes e intelectuais burrificados
da *Time* à CIA
Um rapaz contra a Bolsa de Valores roda a Wall Street
berrando
desde que Norris escreveu *The Pit*
temeroso de dólares gratuitos caindo da Galeria dos
Observadores
jogados por irmãos mais moços entre gargalhadas.
Contra a Companhia do Estanho, contra os Serviços
Telegráficos, contra os cientistas enlouquecidos pela
grana
do Capitalismo Telepata sensor infravermelho
contra Universitários milhões assistindo Família de
Wichita
Sala da TV
Um rosto radiante enlouquecido com um rifle
Enfrentando as redes elétricas.

novembro de 1967 – Veneza, Itália

Ladainha dos lucros da guerra

Para Ezra Pound

Eis os nomes das companhias que ganharam dinheiro
com esta guerra
milnovecentosesessentaeoito Annodomini quatromileoi-
tenta Hebraico
Eis as Grandes Companhias que lucraram traficando
fósforo que queima a pele ou bombas fragmentárias
que explodem em mil agulhas que perfuram a carne
e eis a lista dos milhões ganhos por cada truste pela fa-
bricação
e eis aqui as cifras dos lucros, indexadas inchando numa
década, ordenadas,
eis os nomes dos Pais em exercício dessas indústrias, tele-
fones dirigindo as finanças,
nomes de diretores, fabricantes de destinos, e os nomes dos
acionistas destes Aglomerados destinados,
e eis os nomes de seus embaixadores na Capital, repre-
sentantes no Congresso, os que ficam bebendo nas
antessalas dos hotéis pra persuadir,
e em lista anexa, os que tomam Anfetamina com milhares,
fofocam, discutem e persuadem
sugerindo políticas dando nomes propondo estratégias,
em troca de seus honorários como embaixadores
junto ao Pentágono, consultores de militares, pagos
por suas indústrias:
e eis os nomes dos generais & capitães militares, que agora
trabalham pros fabricantes de produtos bélicos;

e acima destes, a lista dos nomes dos bancos, trustes,
companhias de investimentos que controlam estas
indústrias:
e eis os nomes dos jornais de propriedade destes bancos
e eis os nomes das estações de rádio e TV de propriedade
destes trustes;
e eis os números dos milhares de cidadãos que trabalham
pra essas empresas arroladas;
e esta relação começa em 1958 e termina em 1968, que a
estatística seja contida em mente ordenada, coerente
& definida,
e a primeira forma desta ladainha iniciada no dia primeiro
de dezembro de 1967 dá prosseguimento a esse po-
ema destes Estados.

III
Elegias para Neal Cassady
1968

Elegia para Neal Cassady

OK Neal
    Espírito etéreo
        luminoso como ar em movimento
            azulado como alvorada urbana
alegre como luz   emitida pelo Dia
    por sobre os novos prédios da cidade –

Tijolos Gigantescos da Ilusão se elevam reconstruídos
            no Lower East Side
    janelas brilham no ar leitoso poluído.
        Aparência desnecessária agora.

Peter dorme sozinho no quarto ao lado, triste.
Você reencarnou? Pode ouvir o que eu digo?
Se alguém tinha força pra ouvir o invisível
E atravessar o Muro da Ilusão
        era você –
            O que és agora, Espírito?
Que foste espírito em corpo –

O corpo foi cremado
                ao lado da Ferrovia
            Deserto de San Miguel Allende,
                afastado da cidade,
                Espírito tornado espírito,
                    ou robô de volta a Cinzas.

Meigo Espírito, obrigado por me teres tocado com mãos meigas
Quando eras jovem, num corpo belo,
Toque tão puro que era Esperança além da carne Ilusória,
O que és agora,
Impessoal, meigo –
tu me mostraste teu músculo/calor/faz mais de vinte anos
quando eu deitado trêmulo sobre teu peito
puseste o braço no meu pescoço,
– estávamos juntos num quarto vazio na rua 103.
Ouvindo um Rádio de madeira,
olhos fechados nós dois
Vermelho eterno de Shabda
feito lâmpada em nossos cérebros
ao som do Saxofone de Illinois Jacquet estremecendo,
Toque profético de Louis Jordan,
Os Honeydrippers, *Open the Door Richard*
Pro Apocalipse de Cristo –
Os prédios são insubstanciais –
Esta é a minha Visão de Nova York
fora dos prédios comerciais da zona leste
onde telefone tocou ontem à noite
voz simpática de desconhecido em Denver
me perguntou se eu tinha recebido a notícia lá do oeste.

Alguma Crise, Eugene Oregon ou Hollywood Pendente
Eu tinha pressentimento
"Não" respondi – "passei a semana toda fora",
"você não recebeu a notícia lá do oeste,
Neal Cassady morreu –"
A voz de pombo de Peter fez Ah! na extensão, a escutar.

Tua foto alegre, lacrimosa, tensa,

arde uma vela
incenso verde pros deuses lares.
Tirania Militar toma Universidades, tua Profecia
se aproximando seu sentido mais bondoso nos
Conduz
ao despertar do Grande Ano.
Kesey está em Oregon escrevendo nova língua
família fazenda sozinho.
Você não tinha mais o que fazer? Teu trabalho estava todo
terminado?
Você já tinha visto teu primeiro filho?
Por que largou nós todos aqui?
A batalha foi vencida?

Sou um esqueleto fantasma com dentes, crânio
repousando em travesseiro
chamando teu espírito
deus eco consciência, murmurando
sozinho tristemente.

À luz da aurora lamento não é preciso,
o mundo é liberado,
desejo satisfeito, tua história terminada,
estória contada, Carma resolvido,
preces completadas
visão manifesta, nova consciência concretizada,
espírito retornado num círculo,
mundo deixado vazio, ônibus rugindo pelas ruas –
lixo espalhado em calçadas mil –
Grandeza solidificada, destino fantasma conhecido
de volta à Autoaurora,
teu destino caído em trilho ferroviário
Meu corpo respira fácil,
estou deitado sozinho,

vivo
Depois que a amizade foge das formas efêmeras da carne –
pesa no peito fria felicidade,
eu poderia ficar falando a você eternamente,
Prazer inesgotável,
fala de espírito a espírito,
Ó Espírito.

Senhor espírito, perdoa meus pecados,
Senhor espírito me abençoa outra vez,
Senhor Espírito perdoa as fomes de meu corpo fantasma,
Senhor Espírito obrigado por tua bondade passada,
Senhor Espírito no Céu, Que diferença fez tua forma
mortal,
O que vem depois no grande show do Espaço?
Paixões velozes gerações de
Pergunta? agônicas Viagenoturnas no Texas?
ônibus psicodélico hégira-jazz,
Verdes autopoesias, inspiradas estradas?
Triste, Jack em Lowell viu mais o fantasma –
mais só que ninguém, exceto o teu nobre Eu.
Senhor Espírito, e eu vago sozinho:
Ah suspiro profundo.

10 de fevereiro de 1968 5-5:30 da manhã

De Chicago a Salt Lake de avião

Se Hansom Baldwin levasse um tiro no cérebro,
indignação?
Se o presidente Johnson levasse um tiro no cérebro, Carma
na hora?
Se a *Seleções do Reader's Digest* levasse um tiro no cérebro
ficaria mais inteligente?
Março de 68. p. 54 "Informe do Vietnã: O inimigo está
Sofrendo"
... "O quadro desanimador de 1965, ocasião de minha ida
anterior ao Vietnã,
mudou completamente: Os Aliados estão vencendo, e o
inimigo está sendo atingido",
escreve "*o renomado redator de assuntos militares do New
York Times*"
O Dinossauro sobrevoa Chicago lentamente.
Cheguei na United Airlines na hora exata tudo errado.
Raiva no fundo da cabine do avião, raiva da *Seleções*,
"Os Aliados" de Hanson Baldwin? "O Inimigo" de Hanson
Baldwin?

Inútil discutir com um esquizofrênico. Tiro no cérebro.
O sr. Baldwin propõe mais tiros no cérebro pra resolver o
Problema do Vietnã segundo ele.
Hanson Baldwin é um Comedor de Merda Militar

Neal morto nasceu em Salt Lake, & Jim Fitzpatrick morreu.

Flores morrem, & flores nascem com pétalas vermelhas
no campo.

Raiva, flor de pétalas vermelhas em meu corpo

Lago de Detroit a mais de um quilômetro de altitude lama
química,
correntes de poluentes cinzentos nublando a superfície
até o centro,
mais de metade do lago mancha metálica –

Reproduções cancerosas os blocos de apartamentos fileiras
de colmeias
Desenhos de Moléculas de ADN
reticulações microscópicas com Antenas de TV em cima
e o horizonte orlado de nuvens de gás cinzento de leste a
oeste imunes ao vento.

Foderam com o planeta! Hanson Baldwin Fodeu
com o Planeta ele sozinho,
emitiu uma longa nuvem de gás Militar dias 26, 27, 28 de
dezembro no *NY Times*.
"Considerações puramente militares" declarou na TV –
Até que o gov. LaSalle disse q/ o Pres. não podia ser pacífico
até as eleições,
e Baldwin concordou com a cabeça.

Um banco de Esquizofrênicos gordos & magros mandando
nas ondas mentais do planeta.

Merda, Violência, tiros no cérebro Em vão.
Já afundamos demais pra podermos sair.
Esperando por um orgasmo, sr. Baldwin?
É, esperando por um orgasmo só isso.

Que tenham todos os orgasmos que quiserem.
Que tenham orgasmos, que Hanson Baldwin tenha seus orgasmos perdidos.
Que o *NY Times*, que a *Seleções* tenham de volta seus orgasmos velhos.

Crise de ouro! escassez de orgasmos
"Eu cuido dos negócios dos outros" disse o velho que dormia no banco ao lado,
Carteiras & canetas no bolso do paletó gravata verde terno preto botas,
"Desde que o mundo é mundo o Ouro é a medida da Solidariedade."
Luz dourada em Iowa, chão de nuvens prateadas, teto de céu azul fundo
com raios de Sol Ocidental se pondo luz do centro do Sistema Solar.
Neal nascido em Salt Lake. Morto em San Miguel, conhecido em Denver, amado em Denver –
"Lá em Denver / lá em Denver / eu só fiz morrer."

J. Kerouac, 1948

Aviões, um pé no saco. Rugido forte atravessando o Céu,
trilhas de vapor ao sol por trás da muralha do vale de Utah.
Que tenha o Céu orgasmos, que tenha Krishna todos os teus orgasmos, que tenham as nuvens os teus orgasmos. Great Salt Lake!
Fitzpatrick chorou muito em Nova York & Utah, seu corpo nervoso sacudido por dor de olho vermelho.
Adeus Sir Jim, no céu luminoso, incorpóreo tal como Neal...

Lavagem cerebral gritou Romney, Governador da Poluição,

Os lagos de Michigan cobertos de lodo verde

> *"O povo agora não engole mais a lavagem cerebral constante do governo."*
>
> *Chicago Tribune, 16/3/68 despacho da A.P.*

A mente são fragmentos... tudo que você se lembra da *Time Magazine* do ano passado, do pôr do sol ou nuvem cinzenta em Nebraska esse ano,
cicatriz funda na pele negra de Leroi Jones na têmpora esquerda perto do couro cabeludo...
...Don McNeil saindo da Grand Central Station c/ 6 pontos na Testa
atravessou a vidraça empurrado pela polícia, carteira de jornalista ensanguentada.

Bem no fundo das nuvens cinzentas, deve ter fazendas invisíveis, fazendeiros invisíveis subindo e descendo colinas de nuvens.
"Buraco na cabeça"... outro Mundo, América, Vietnã.
Os marcianos têm buraco na cabeça, como as estátuas de Moore.
& se as línguas delfínicas de Saturno forem invisíveis & sua
fala extática for irrelevante para o Estoque de Ouro
A gente mata eles como matou os 100.000.000 de Bisões –
Dançar a Dança do Búfalo de Jato sobrevoando o Nebraska! Voltar à Belle Epoque.
Glu glu disse Sanders
& coxinhas de Peru branquinhas de hormônio envenenam as glândulas de crianças de classe média no Dia de Ação de Graças.
Andando de bicicleta c/glândulas envenenadas & fígados de DDT, alucinando Vietnãzinhos na TV.

Fenda entre nuvens, orgasmos d'Ouro no Oeste,
Estepes do Nebraska arrebanhando bandos de nuvens soltas –
Sol bem à proa do avião, aquilulá é o Missúri rasgando a planície em duas? Council Bluffs & Great Platte já ficaram pra trás?
Ah as Montanhas Rochosas já? Neve em fendas no granito & penhascos pardos.
Hanson Baldwin coberto de Flocos de Neve.
Óxido vermelho no ar & na terra, flores do poente nas nuvens, Raiva no Coração.
"Pessimistas & contestadores"... Napalm & Gás Asfixiante: Cachorros!
Ondulações na terra, rios-serpentes, pistas de cavalos de aço, finos caminhos de carros
– Picos nevados de Wasatch, muralha brancaprimaveril nas escarpas norte acima do lago-deserto luzente –
Ruas de Salt Lake ao entardecer onde flui ouro elétrico. Milhões de luzes lindas a piscar!
Neal nasceu no Paraíso!

30 de março de 1968

CENA DE MANHATTAN CENTRAL

Longas ruas de pedra inanimadas, Estrondo repetitivo de
máquina fabricando
feito dínamo fileiras de réplicas sem alma Fac-símiles
carrancudos como tanques de guerra no Parque de
Material Bélico do exército
Exatamente iguais exatamente iguais exatamente iguais
ferocidade único propósito
& força avassaladora de obsessão de robô, nossos escravos
não são seres vivos
& assumimos a mesmice deles quando eles nos cercam –
longas ruas de pedra inanimadas,
multidões de secretárias-executivas saindo do metrô às 8
e meia da manhã
sangue fluindo glóbulos em elevadores-artérias &
glândulas-escadarias rumo à consciência-máquina
de escrever.
Cara do relógio do arranha-céu da Con Ed reluzindo ouro
ao pôr do sol.

1968

Por favor meu amo

Por favor meu amo deixa eu roçar teu rosto
por favor meu amo deixa eu me ajoelhar a teus pés
por favor meu amo deixa eu baixar tua calça azul
por favor meu amo deixa eu contemplar teu ventre de
  dourados pelos
por favor meu amo deixa eu tirar tua cueca devagarinho
por favor meu amo deixa eu desnudar tuas coxas pra
  meus olhos
por favor meu amo deixa eu tirar minha roupa sob a tua
  cadeira
por favor meu amo deixa eu beijar teus tornozelos tua alma
por favor meu amo deixa eu colar meus lábios na tua coxa
  dura lisa musculosa
por favor meu amo deixa eu grudar o ouvido no teu
  estômago
por favor meu amo deixa eu abraçar tua bunda branca
por favor meu amo deixa eu lamber tua virilha de pelos
  louros e macios
por favor meu amo deixa eu roçar com a língua teu cu
  rosado
por favor meu amo deixa eu esfregar o rosto nos teus
  colhões,
por favor meu amo, por favor olha nos meus olhos,
por favor meu amo me manda deitar no chão,
por favor meu amo manda eu lamber tua pica grossa
por favor meu amo põe tuas mãos ásperas no meu crânio
  careca cabeludo

por favor meu amo aperta minha boca contra o coração
do teu pau
por favor meu amo aperta meu rosto contra teu ventre, me
puxa lentamente com teus polegares fortes
até tua dureza muda chegar até minha garganta
até eu engolir & sentir o gosto de teu pau-tronco cheio de
veias carne quente delicada por favor
Meu amo empurra meus ombros me olha bem nos olhos
& me faz debruçar sobre a mesa
por favor meu amo agarra minhas coxas e levanta minha
bunda até tua cintura
por favor meu amo tua mão áspera no meu pescoço palma
da outra mão na minha bunda
por favor meu amo me levanta, meus pés apoiados em
cadeiras, até meu cu sentir o hálito do teu cuspe e
teu polegar girando
por favor meu amo manda eu dizer Por Favor Meu Amo
me Fode agora Por favor
Meu amo lubrifica meus colhões e bocapeluda com doces
vaselinas
por favor meu amo unta teu caralho com cremes brancos
por favor meu amo encosta a ponta do teu pau nas pregas
do buraco do meu eu
por favor meu amo enfia devagar, teus cotovelos envol-
vendo meu peito
teus braços alisando meu ventre, teus dedos tocam no
meu pênis
por favor meu amo mete em mim um pouco, mais um
pouco, mais um pouco,
por favor meu amo enfia esse teu troço no meu cu bem
fundo
& por favor meu amo me faz rebolar pra entrar a pica-
-tronco até o fim
até minhas nádegas aninharem tuas coxas, minhas costas

arqueadas,
até eu ficar só solto no ar, tua espada enfiada latejando
dentro de mim
por favor meu amo tira um pouco e lentamente esfrega
em mim
por favor meu amo enterra fundo outra vez, e tira fora
até a cabeça
por favor por favor meu amo me fode outra vez com o teu
ser, me fode Por Favor
Meu amo enfia até machucar o meu macio o
Macio por favor meu amo faz amor com meu cu, dá corpo
ao centro, & me fode direitinho como uma garota,
me abraça com carinho por favor meu amo eu me entrego
a vós
& enterra no meu ventre o mesmo doce lenho quente
que dedilhaste em tua solidão em Denver ou em Brooklyn
ou fodeste uma donzela num estacionamento em
Paris
por favor meu amo entra em mim com teu veículo, corpo
de gotas de amor, suor de foda
corpo de ternura, Me fode assim de quatro mais depressa
por favor meu amo me faz gemer sobre essa mesa
Gemer Ó meu amo por favor me fode assim
nesse teu ritmo de roça-enfia & tira-e-roça & enterra até
o fim
até meu cu ficar mole cachorro sobre a mesa ganindo de
terror prazer de ser amado
Por favor meu amo me chama de cachorro, arrombado,
me esculhamba,
& fode mais violento, meus olhos escondidos por tuas
mãos que agarram meu crânio
& enterra fundo com força brutal arrebentando a macieza
úmida de peixe
& pulsa cinco segundos esguichando sêmen quente

& mais & mais, enfiando fundo enquanto grito o teu nome
    ah eu te amo
por favor meu Amo.

maio de 1968

Uma profecia

Ó bardos do Futuro
cantai do crânio ao coração ao cu
enquanto houver linguagem
Vocalizai todos os acordes
eletrizai todas as consciências
Eu canto da masmorra mental
no Estado de Nova York
sem eletricidade
chuva na montanha
pensamento enche cidades
vou abandonar meu corpo
num motel magro
meu eu escapa
por ouvidos não nascidos
Não minha linguagem
mas uma voz
cantando em formas fixas
sobrevive na terra
não ossos da história
mas tons vocais
Hálitos olhos amados
brilham no céu
onde foguetes sobem
pra me levar pra casa

maio de 1968

Bixby Canyon

Trilha cheia de cardos samambaias chicórias,
    capim cristalino, pálida ipomeia
        espalhados num morro de granito
sinos dobrando sob penhascos cinzentos de mar,
broto seco de samambaia coroado de algas
lá morre a abelha nos vales de areia
        em cima cheio de formigas
baía orlada de alva espuma vagalhão
    onda-Ishvara na parede da caverna
                aves marítimas
            roçando vento vaga,
Amor Krishna Om Phat Svaha ronco de ar no
        lábio do oceano
                Ontem
Castelos de areia Neal, bolas brancas de plasma redondas
    gelatinas –
    Serpentubos esqueletos & lâmpada
    marítima cauda de alga secarrugosa
    detrás narinas & línguas de
    cactos rubrespetos pétala de flor –
Bolatomate pardopicles salmoura
    rabo de borracha Espaguetado
            com carnifolha,
Mucomoleza de Louro coroada chapéu de faixas
    Pai Baleia gosma transparente
        ova folhamarela areia

pétala-lótus retragada pela fria
vaga.
Buquê de alga velha
em lençol listrado, tentáculo de alga grande espalhado
em volta do ponto de prece –
Brilho de fogo
prata Hermes espalhado sobre clarão de sol na onda –
Homem nu meditando Ansiedade Miasma Cósmica
– Suave Flauta de osso!
Musical joelhomar osso-cartilagem borracha
arroto pisão barba bola quica
de Chup homossexual chibilo oceânico
Sabahadabadie Limite-Sônico
do Mal –
Traçar limite, traçar limite, traçar limite pra
maricanto?
Limitar canto de pássaros, limitar o Ilimitado
em língua? O Say
Can You See A Internacional
Viajante Mental Marselhesa
em ondas de olhalteração Política?
É doce Liberdade que hei de hinar no sol do liberto
não limitado a observar a placa Proibido Ficar Nu
em sendas silenciosas multiflores, formas d'arte
de flores ilimitada Ignorância –
Flores d'algas molhadas que a espuma deixou, sol
bafejando
névoa enorme sob a ponte,
penhascos cinzentos com halo de pele-nuvem
sol amarelo de Antanho
iluminando musgopenhasco, espuma de maré
banhada em inofensiva luz dourada –
Ó Luz de Olho tremeluzente! Pai Círculo
que nos gerou, por teu corno brilhante

Arco-íris, Silêncio!
Assim canta o operário sob a ponte de pedra,
assim rezam as flautas à Avalanche.

16 de junho de 1968 / Big Sur, fumo

ATRAVESSANDO A NAÇÃO

Sob asa prateada
brotam as torres de São Francisco
furando finas nuvens de gás,
Monte Tamalpais de peito negro paira sobre azul
Pacífico
serras de Berkeley cobertas de pinhais abaixo –
Dr. Leary em sua casa marrom rabiscando Declaração da
Independência
máquina de escrever na janela
panorama de prata em globo ocular natural –

Chamas do dragão chinês do vale do rio
Sacramento lambendo verdes planícies norte-
nevoadas
Entulho metálico do Capitólio Estadual, campos secos
quadriculados
até as Sierras – depois de Reno, Altar azul
do lago Pyramid, água pura nas areias de Nevada
deserto pardo riscado de pneus

Jerry Rubin preso! Surrado, trancafiado,
cóccix fraturado –
Leary fora de combate – "uma ameaça à sociedade...
jovens incautos... juízo
ainda imaturo... exame psiquiátrico..."
isto é Cala a boca Senão Hospício ou Sol-Quadrado

Leroi preso por falsa acusação, 7.000 dólares
pro advogado, anos de negociações –
SPOCK CULPADO manchete temporária, marido-amante
de Joan Baez Dave Harris na Cadeia
Dylan não fala mais de política, protegido –
tendo filho, homem –
Cleaver levou tiro, preso, enlouquecido, livramento
condicional cassado,
Pilha de carne no Vietnã crescendo,
sangue escorrendo das montanhas de cadáveres
até as calçadas de Cholon –
Garotos louros em avião alimentados de tecnicolor
Assassinos avançam c/ Acordes da Morte
pelo porão das fotos,
Ouvidos tampados, bifes servidos
em plástico – Olhos à altura da Imagem –

O que eu tenho a perder se a América cair?
meu corpo? meu pescoço? minha personalidade?

19 de junho de 1968

Fumaça fluindo rua abaixo

Sarna Vermelha na Pele
Carros de Polícia dobram Esquina do Lixo –
Isso foi Tiro? Tiro pela Culatra ou Cabeça de Negro?
Ah, deixa pra lá, tira a boca,
tá morto.

O Homem Evoluiu muito,
da Canoa até o Carro de Bombeiro,
Central Elétrica fumacenta nas Cidades
Executivos com Casas de Campo –
Goteiras nos Barracos na Favela –
Deixa pra lá, tira a boca
tá morto –

23 de junho de 1968, Nova York

Pertussin

Vem Sempre o Éter
    pra dissuadir o
        sensato
            feito bode –
ou N_2O revém pra
    provocar irônicas
        marcas de caneta suicidas –
Paralelos: em Montmartre Rousseau
    pintando ou Rimbaud chegando
        o Éter cru
brilha com fresco luar de Brama
    gosto que fica na boca, noturna Nostalgia.

28 de junho de 1968

Torvelinhos de poeira preta na avenida D

névoa branca sobre as torres de Manhattan
gordas verdes Tábuas de verão
em torno dos Depósitos de Lixo
do charco de Hoboken,

Vento na renda trançada
do elevado Pulaski
Caminhões feras de ferro rugem
nas estradas de Bayonne

Sobe um fedor da fábrica da Hydro Pruf
Guindastes se elevam da terra retalhada
Nuvens-Cérebros emergem de fornalhas cônicas
Newark imersa em gás cinzento
Calor de julho rebrilha em aviões
Pneus de trailers cantam rumo a floresta de torres de
petróleo,
Redes elétricas dançam no Triângulo de Ferro,
Tanques assam na Planura –
Velhos Escândalos de estocagem de óleo de Soja
ecoam pelas ondas médias,
a família no carro sacoleja sobre o asfalto rumo ao Sol do
México.

10 de julho de 1968

Violência

Mesa de lanchonete cidade do México, tarado
    enorme de polainas pretas
Enfia faca na costura da jaqueta
    dum veado rechonchudo;
em Teotihuacan ao sul azul, dou tapa
    em meu sobrinho louro debochado
    porque ele se perdeu na Pirâmide
    da Lua.
Em Oakland, polícia lendária atira num
    garoto negro nu saindo correndo
    de seu porão político
No Pentágono máquinas enormes zumbem
    e apitam em galerias de neon,
Botões estalam em tomadas & robôs
    receitas a lápis de crepúsculos
    de gás ácido –
Nova York na escada, o Viciado emudecido
    pálido puxa a faca e encara
    imóvel a vítima – e ela exclama,
    "ah, corta essa" & meia dúzia
    de coca-colas
descem escada dos fundos gasta e negra, no
    fogo plástico de Vietnã
Escorre por mil rostos fantasmagóricos
    irradiados pela televisão planetária –
Adrenalina corre nos sovacos desde Los Angeles
    a Paris, Harlem & Cannes

explodem através de vidraças, Sunset Strip &
Sorbonne cheias de anjos Cabeludos
armados de máscaras de gases & Ácido,
& democratas irados se reúnem em Chicago
fantasiando exércitos correndo
pelos esgotos cheios de Gás Paralisante.
Caminho pela Avenida Juarez, paralelepípedos
de sombra, luzes de rua azulejadas azuis
iluminando galerias de Sanborns, atrás de mim
gângsters bichas chiques violentos de mãos
ensanguentadas correm atrás da meia-noite pra separar
com faca minha garganta da barba.

22 de julho de 1968
4:30 da madrugada

Passando por Silver Durango

SOBREVOANDO RUGAS DA SERRA MEXICANA

Mães-montanhas se espraiam a oeste despejam-se Pacífico,
canyons de encostas verdes mais vastos que Cidade do México
sem estradas sob nuvens-flores parindo botõezinhos em flor sobre picos recobertos de mata –
rubros leitos de rios serpenteando por paraísos sem eletricidade
– Huichol ou Tarahumara solidões hectareadas irregulares,
trilhas de formiga até planaltos de pedra,
vales pra solitária humildade índia, quintas nas encostas aradas à mão –
folhas-nuvens nuas brancas flutuam silenciosas sobre silenciosos rochedos verdes encravados na terra.
Ó imensas mecas da ausência humana, nuvens-cérebro encasteladas no azul do Céu até o Sol
com grinaldas de arco-íris sobre vapor alvo, Ó corpo com penugem de árvores indefeso sob ar azul, visível peito verde da América!
maiores que o homem as Mães-Montanhas manifestam nudez mais vasta que todas as bombas que Bactérias jamais inventaram.
Inexpugnáveis cidades-nuvens flutuantes & dissolvendo-se sem
História, navios de chuva brancos pousados no Oceano Azul do Zênite –

Sem capital nem porto no horizonte, platôs esmeraldinos
de cristas e infinitas gemas
onde rios e formigas coletam lixo largado pelo homem no
Vale do México –
Ferro há de enferrujar sob raízes vivas de árvores & submergir de volta na terra
e alimentar gavinhas sensíveis do Ego cobrindo montes de
granito inconsciente sob limo verde.
Céu & oceano espelham seu azul, horizonte imerso em
névoa-espectro amarelada –
Baixa Califórnia água azul plana até sovaco escuro dos
Estados Unidos,
Rio enlameia delta com gotas de lágrimas cheias do pó
de Utah
– Quadrados verdes irrigados no deserto –
& o gás da cor do esterco, névoa pardacenta do trabalho
pros lados de Los Angeles planando à altitude das
Serras –
fumaça cinzenta se esgarça nas gargantas das montanhas,
cidade invisível.
Descem poltronas flutuantes
do céu à luz do sol, balançando lentamente em campos
de ar poluído.

22 de julho de 1968
11 da manhã

As cinzas de Neal

Olhos delicados que piscavam azuis Rochosas tudo cinzas
mamilos, Costelas que eu tocava c/ meu dedo agora cinzas
boca que minha língua tocou uma vez ou duas tudo cinzas
faces ossudas macias no meu ventre agora cinzas
orelhas & pálpebras, ponta de pica juvenil, púbis crespa
peito quente, mão de homem, coxa adolescente,
bíceps de beisebol, eu sedoso de unguentos
tudo cinzas, cinzas outra vez.

agosto de 1968

Rumo a Chicago

7.000 metros acima do Assoalho quadrado Enevoado do planeta Vegetal
Chegando a Chicago pra Morrer ou mais 40 anos sobrevoando a Terra
morrer – Indiferente, e com Medo, de que a bala que estraçalha osso
seja a mesma grande evaporação de fenômenos que o Câncer
Concretizado num leito de velho. Ou Fogo Histórico
Descendo do Céu 22.000 anos fim da Era Atômica

Lago Azul de novo, Céu mesmo bebê de sempre, apesar de jornais & Narizes
boatos que alcatrão espalhou por todo o Universo Natural grudando os pés do Anjo.
Ouvi a voz do Anjo-Rei, adolescente incorpóreo musical
Eterno no meu peito dizendo "Confia no mais Puro Júbilo –
A Raiva Democrática é Ilusão, o Júbilo Democrático é Deus
Nosso Pai é azul-bebê, o rosto original que vês Te Vê –"

Como, com Polícia Convencional & Fúria Revolucionária
Lembrar a Ordem Indefesa que a Polícia foi Armada pra proteger,
A Liberdade Indefesa que os Revolucionários Conspiraram pra honrar –
Eu sou o Anjo-Rei cantava o Anjo-Rei

e turbas em Anfiteatros, Ruas, Coliseus e escritórios
Gritam em desespero em Almoços Carnívoros e
    Microfones de Metal

24 de agosto de 1968

GRANT PARK, 28 DE AGOSTO DE 1968

Ar esverdeado, crianças sob as árvores com os velhos,
corpos despidos, olhos abertos aos olhos sob a parede do
hotel,
círculo de corpos de roupas Marrons armados
porém silenciosos descansando apoiados em rifles –

Som áspero de microfones, rugido de helicóptero –
Corrente na barriga, passeatas futuras
e detetives nus na cama –
onde? no planeta, não Chicago,
no sol de fim de tarde –

Horrível piquenique, Estado Policial ou Jardim do Éden?
no prédio emparedado contra o céu
mágicos trocam imagens, Dinheiro voto
e apertos de mãos –
O gás lacrimogêneo subiu até o Vice
Presidente nu no banheiro
– nu na privada dando uma cagada chorando?
Quem vai querer ser Presidente
do Jardim do Éden?

Desastre de carro

I

Nevasca semeando
montes de pó de gelo em jardins
cercados perto do bosque escuro.

Limpa-neve corcunda amarelo
sacolejando pneuzões pela estrada,
luz vermelha piscando
cérebro inseto ferro.

Mrau, o gato com diarreia.

Sol solidificado em forma humana,
anéis de árvores acumulando idade após idade
florestas de pedra acumulando átomos
viajou 150.000.000 de quilômetros,
depósitos de carbono em camadas,
cabeça da montanha respirando luz,
pelos da Terra acumulando raios d'ouro
graças à clorofila, poetas caminhando
entre os arbustos verdes
brotando linguagem solar.

Ossos quebrados na cama,
quadris e costelas parados por carros,
montes de neve sobre pneus,

tocos de árvores congelando, toco de corpo
sarando temporariamente no inverno.

II

Então é isso o corpo, ah!
Bater punheta numa cama escura.
Namorados enrugam & cagam na neve.
Moças de olhos gordos vão ao caixão da mãe.

Os cigarros queimaram juventude de minhas papilas
gustativas,
Cheirei a bunda do meu amor,
Esse desastre de carro quebrou meu quadril e costelas.
Ugh, Plof, náusea ao respirar no plexo solar
intestinos paralisados quatro dias –
Óculos quebrados, olhos ainda intactos –
Graças a Deus! ah, ainda vivo mas palavras ditas
morreram no meu corpo, pensamentos morreram em
agonia.

Dia saudável na neve, hálito branco
e meias quentes de lã, chapéu até orelhas, caldo quente,
nudez em alcovas quentes, pica dura orgasmo,
fama, físico, sabedoria, cetro, entardecer
e Aurora Boreal, carne quente de porco, recheio
de peru – tudo desaparece num crânio quebrado.

Elemento instável, Visão Som carne Tato
& Paladar, todos Odores, mais uma consciência
banco de trás de automóvel fumacento com nariz
quebrado –
Lugar instável pra se estar, saída fácil
no meio do metal torcido em vez de câncer mental.

Carne inconstante, brandindo um osso de galinha
em leito de hospital – bem-feito
que nem o frango frito comido ano passado.
Impossível dr. Sempre Saudável, tem que morrer
feito de matéria de verme. E pensamentos de verme?
E quem ainda vê, ou mesmo
lembra do desastre de carro que separou
o crânio da coluna vertebral?
Quem sai do corpo, e quem fica preso
numa caixa de macia dor quando Napalm
cai do céu e se espalha no abdômen,
peito e rosto? & língua cortada fora
por facas desumanas? Língua de vaca? Língua de homem?

Como será não falar?
Morrer no banco de trás, Ai!

21 de dezembro de 1968

III

Paredes de pinho áspero, janelas brancas de gelo
já três semanas, planura de neve
meio metro de neve nos vales,
vento ruge braços nus dos freixos, gavinhas
no carvalho brilham gelo, mancha
amarela de água matinal na neve
à porta – eu saio de muletas
pra ver branco luar tornar azul a neve
– três homens contornaram lua
em espaçonave semana passada – rangendo
dentes em Biafra & Palestina,
Assassinos & Astronautas viajando de
Atenas até o mar de Venus Creatrix –

Brigas de amor ampliadas décadas até louca
violência, jovens camponeses seminus
com machados à mesa da cozinha,
tremendo de culpa, cortando ovo
grapefruit peitos no oleado matinal.
Envelhecer, envelhecer, esquecer palavras,
mente cavando sepultura, esquecer palavras,
Amor, palavra velha, esquecer palavras,
Peter cabeça raspada barba grande
fala sozinho & grita à meia-noite.
Ano-novo, sem festa, esquecer
velhos amores, velhas palavras, velhos sentimentos.
Casa cercada de neve por todos os lados,
desliguei a luz de gás & subi
sozinho pra ler, lembrando fotos do lado
morto da lua, quadril quebrado, gato doente,
ouvido interior cheio de minha forte música,
casa cheia de homens, dormir de cueca.
Neal já quase há um ano virou cinzas, anjo
na meia-noite dele sem telefone
Jack bêbado em minha mente ou sua Flórida.
Esquecer velhos amigos, velhas palavras, velhos amores,
velhos corpos. Bhaktivedanta aconselha Cristo.
Corpo sozinho na cama em 1969,
livro gnóstico no colo, Milênios
rondam a casa. Rimbaud 16 anos
adolescente com sorriso zombeteiro
olhos verdes rosto oval em velha gravura
– 1869 a gravata de veludo torta, cabelo
despenteado & emaranhado pela curra policial.

1:30 da manhã, 1º de janeiro de 1969

IV

Ecologas destes estados

1969-1971

Sobrevoando Denver outra vez

Nuvens cinzentas tapam brilho do sol, serras flutuam pro
oeste,
avião roncando suavemente sobre Denver – Neal morto
há um ano – quintais suburbanos asseados,
pensão bem adequada ao beco do mensageiro homossexual
Lila dez anos antes da Bombatômica.
Denver sem Neal, hein? Denver com crepúsculos
alaranjados
& aviões enormes asaprateados rumando pra São
Francisco –
atalaias em luz vermelha fria planetária, morto o Anjo
da Terra
o planeta material sem vida há de rodar feito robô
& insetos saltarão de uma cidade de metal a outra.

13 de fevereiro de 1969

Subindo sobre ruas de Detroit negras de noite

tentáculo brilhante rede de luzes subúrbios penumbrosos
águas de Michigan canalizadas luzentes pelos quarteirões
da cidade
Luzes de trono-cérebro enfileiradas no centro, sinais verdes
concentram brilho preces metálicas piscantes & Hare
Krishnas luminosos
telepáticos de treva Celestial de onde olho pra baixo e
adoro Ó formosura!
Criador humano de tal maquinaria contemplada! Vinde
suaves ondas cerebrais
delicadas palpitações de coração tenras feito borboletas,
leve como penumbras de charme Sexual, rapazes & moças
de olhos radiosos rostos negros & louros que Nascidos
creem
na iminente Morte da Terra, ou Éden regenerado Verde
utópico
destino deles submetido à vossa Vontade Policial
Humana, ó
Senhores, pais, prefeitos, Senadores, Presidentes,
Banqueiros & operários
suando & chorando ignorantes em seu planeta de Ilusão
dor plástica...

15 de fevereiro de 1969

Universos imaginários

Com ordens de matar o espião, disparei
        minha pistola em sua boca.
Ele caiu de cara ali mesmo e a vida
        abandonou seu corpo ajoelhado venda nos olhos.

Não, nunca fiz isso não. Imaginei na neve do aeroporto,
        avião de Albany passageiros saltando.

Verdade, o garoto de cara mexicana, 19 anos
        uniforme de fuzileiro, a meu lado
Pousando Salt Lake, acompanhando o corpo
        do irmão desde o Vietnã.
"O China tava ajoelhado na minha frente,
        chorando & implorando. Eram dois;
Tinha o cartão que a gente tinha dado a ele."
        O cartão conferia imunidade aos
vietcongues que se rendiam.
        "Por causa do meu melhor amigo &
do meu irmão matei os dois."
        Isso aconteceu, sim.

fevereiro de 1969

Para Poe: sobrevoando planeta, ar Albany-Baltimore

Albany   entronizada em neve
    Hudson fita estendida pro Norte planície branca gelada
Céu azul da Nova Inglaterra horizontado até o Espaço
    Olhos da era: Homem viaja em Mapa,
Terra inchada de fundo imenso...

É inverno, Poe, norte do Estado de Nova York ceifados
        campos mentais, arvoredos chatos & bosques peludos
        em montes Pubianos espalhados cheios de gorjeios
passarinhos –
Ninguém previu essas trilhas de vermes asfaltadas ladeiras
        pontes até aldeias igrejinhas, frios campos nevados
        riscados de pó de fezes metálicas.
Ruído-turbilhão de aerobarcos rumo a Baltimore!
Fazendas redemoinhadas no apocalipse mecânico
        de Marés de Metal!
...Rodas caem ao Sol, sobre
        Vastos telhados de prédios-colmeias reluzentes,
Galo de Nova York brilhando
        em mundo moribundo.
                Batendo no chão
Hare Krishna Protetor!

Filadélfia fumacenta no Sol d'Ouro, tanques róseos verdes
        azuis de Cianureto no chão do inferno,

Muitas chaminés fumegando, baixada da cidade encadeada feito vírus ao longo das baías de Delaware sob horizonte poluído –
avião largando filamentos de negro vapor
sobrevoando Wilmington – Habitações de ferro infinitas de Manhattan até a Capital.
Poe! Você profetizou essa Poluilândia, esse Inferno,
Você Sonhou que Baltimore Seria Vista Do Céu
por olhos de Homem Poeta Pasmo na Névoa de Fogo, Gás carbônico Atônito!
Poe! Você sabia que a MORTE VERMELHA das tuas profecias se espalharia pelos céus da Filadélfia como Sonhos Sulfúricos?
Emparedado no Porão de Amontillado! Humanidade
conduzida em prantos bêbada até o Abrigo
Antiaéreo por Loucos Secretários da Defesa!

Sul! da Piscadela do Barbudo Adormecido
dirigida à História, Hudson poluído & Susquehanna
Marrom sob as pontes com fumaça industrial –
Campos de Prova às margens da baía de Chesapeake,
Munição & Artilharia
Edgewood & Aberdeen
Fábricas de munições químicas
escondidas isoladas em jardins de madeira, Princesas da Indústria (como Estrelas do cinema privacidade guardada em Mágicas
Mansões Nauseabundas na Velha Hollywood) –
Poe! Frankenstein! Shelley tua Profecia,
Que Demiurgo forja Fábricas de Matéria
pra arrebentar o Espelho-Planeta Cacodemônico
Partir átomos & Polarizar a Consciência &
deixar o eterno Vazio vazar pelo Pentágono
& cobrir a Casa Branca de Eterno Pó de Vácuo!

Lonjuras de Belém de Cristogênese Antropo-apocalipse
    Refinaria Cinemecânica ao longo do Atlântico,
Névoa cor de merda cada vez pior em Baltimore
    onde o mundo de Poe chegou ao fim – Fumaça
    Vermelha,
Área preta, nuvens cinzentas de enxofre sobre Sparrows
    Point Oceanside transbordando de ferrugem, maré
    de escuma
        fervendo na praia –

Iates vermelhos brancos azuis no cais de Baltimore.
    o avião desce sobre gasômetros,
postos de gasolina, chaminés deitando névoa venenosa
    chamas,
Superautoestradas navalhando o pelo das florestas,
Até Cidade Homem Terra onde Poe
    Morreu sequestrado por fantasmas
conspirando pra ganhar eleições
    na Sarjeta Letal do Século XIX.

março de 1969

Domingo de Páscoa

Derretem as neves das encostas, cobertas de mata,
Riachos enchem, patos sobre uma pata só
bico olho enterrado nas penas de trás,
Sol dourado de pilares de Jerusalém
amarelo reluz-janela, raios
brilhantes branco-espeto luzem na lama,
úú úú percorre ramo de bordo,
cavalo manca cabeça baixa, pálida grama tenra
pardos pelos vegetais de inverno
verde – lavados por fios transparentes
d'água degelada
terra de pele trocada limpalavada,
riachos tremecorrem folhas no fundo
canais de sons vocais, luz branca
final de céu da tarde –

Sinos de bodes mexem, cabritinhos pretos pulam,
cabeceando corpo peludo & teta tenra da mãe
um deles berra sob úbere de Bessie
patos balançam bicos amarelos, grama nova inundada,
Gato tigrado mia na palha do celeiro,
trecho com ervas ao lado do muro de pedra, charco luzidio,
ondinha brilha n'água de neve, pássaros assobiam
de suas camas de gelo sob arbustos nus,
brisa sopra galo corvo claridade fria
se espalhando desde os pinheiros no horizonte.

1969

ADORMECENDO NA AMÉRICA

Estamos no Grande Lugar, Terra de Fábula, Beulá, Homem
unido à Terra, Planeta de verde Grama
Rodinhas atômicas rodam brilhando, mundos viram Céus
do avesso, planeta renascendo em cinzas,
Luz do Sol brilha na cinza atômica, plantas levitam, musgo
verde precede árvores trêmulo consciente.
Pedra come céus azuis brilho solar com bocas invisíveis &
flores são excremento das rochas –

Cada milhão de anos átomos rodopiam miríades de inversões, mundos em mundos trocam de população –
de verme a homem só um microssalto de terra a terra almas
trazidas sempre esquecidas de tudo –
populações comem sua própria carne, as rosas têm perfume nas fezes dos cavalos que levantam de rosto
enrubescido.
A consciência muda a cada noite, sonhos florescem novos
universos em crânios cheios.

Deitado na cama corpo escurecido ouvido de rugido de
ônibus correndo, só o olho piscando verde-grama me
traz de volta a Nashville.

abril de 1969

Passagem do noroeste

Incenso sob serra Horse Heaven
Caminhões madeireiros vazios velozes
            Planura do lago Wallula tremeluzindo
Sob a pedra Hay coberta de
            brancas inscrições de garotos colegiais.
Fumaça química ferve e sobe
    sob teto de nuvens reluzente como alumínio –
Poluição acumulando sobre a ferrovia
    vagões estacionados enferrujando em trilhos finos –
Fábrica ao longe mais imensa que Johnson
    Buttie – Olha só que Merda!
Cheira só! Umas 30 chaminés soltando fumo!
    Poluindo Wallula! Boise Cascade –
    Container Corporation!
O Pacote é o Produto, onomatopoetizou
            McLuhan em 67 –
Wall Street Journal de 22 de abril anúncio
    de página inteira Proclamando:

Temos as árvores! Temos
    as terras sob elas!
Temos que inventar Mais Formas
    pra Terra do Papelão!
Vamos cavar florestas pro Espírito
    Genial Troço Divino Raiz d'Ouro
à venda em Wall Street. Dá
    tua grana pra nós! encomenda

nossas Cestas de papéis de papelão!
Acabamos de inventar o Planeta descartável!

Árvores caem no Céu! Urina Sulfurosa
transborda em Boise, Chevron & Brea
Canos de descarga onde rio Snake e lago Wallula
tremeluzem
Onde Sakajawea conduziu Homens Brancos via estradas
de água fresca doce azul-celeste
Rumo às montanhas de pinheiros
telepáticos suculentos & Thalassa aberto
Thalassa! Ondas verdes salgadas
lavando montanhas de pedra, Pacífico

Sirhan está vivo!
pra ouvir o júri dizer
"Determinamos que a sentença seja de Morte".

Ondas verdes salgadas lavando Wall Street.
Chuva sobre salvas cinzentas perto do entroncamento
da Standard Oil Eltopia,
Estática em Mesa! Cantarolando antiga
Prajnaparamita
Gaté Gaté Paragaté Parasamgaté
Bodhi Svaha!
Lá nos Cafundós dos Bayoux
na Saudosa Louisiana,
Hank Williams cantando pra Natureza
do campo, fios
elétricos sobedescendo trigais marrom-arados –
Wallula poluído! Wallula poluído! Wallula poluído!

"A maioria dos grandes empreendimentos ilegais na área do jogo só pode se manter por mais tempo com a

cooperação de Policiais ou autoridades locais corruptos."
1ª pág. do *Oregonian*, "Planejando uma guerra contra o crime organizado que custará 61 milhões de dólares, o presidente Nixon sugeriu..."
"Nem Jesus Cristo podia
me salvar." Sirhan...
"não derramou lágrimas.
Seu rosto estava pálido"
A.P.
América de coração Partido,
Chessman, Vietnã, Sirhan.
52% da População já achava que a Guerra
era um equívoco desde o começo,
em abril de 1969.

Parada do Dia do Trabalho cancelada em Praga
diz Rádio da Polícia pro
velho Rei de Maio distante –
Os ativistas da SDS cantando por megafones da consciência
em toda universidade.
Os Beatles & os Beach Boys já
atingiram o Sublime
via Ácido O Cristo de Kali Yuga, via
Meditação Transcendental,
Cantando Hare Krishna subindo Torre Eiffel,
Apollinaire & Mira Bai sem cabeça
junto com Kabir transmitido
em Rádios Apocalípticos, suas vozes
vibrações vociferando
em um milhão de alto-falantes em Carros
Verdes nas estradas do mundo –
Matéria se torna tão densa, sentidos tão submersos
em Galinhas & Isolamento Térmico

"O Amor não vai morrer, vou ter que
matar ele"
deus grita com seus botões, Cristo fundindo-se com
Krishna na Salvação do Desastre de Carro!
"O promotor John Howard afirmou que Sirhan é um assassino político de sangue frio que *'não merece ser preservado'*."
Mao reeleito Premier da China.
Onde a estrada de Mullan
entronca com a rota 26
perto de 2 Plátanos imensos
perto de Hooper,
Será que alguém aqui "merece
ser preservado"?

Esses cordeiros pastando na primavera
perto do riacho, serenos nessa
luz amarela americana –
"Nem J.C. podia me salvar."

Pega, Calhandra, iridescentes
aparições trucadas transparentes
descem da nuvem escura.
Os cães enxergam
em preto & branco.

Um meio-arco-íris completo
de morro a morro no outro lado da estrada
potes de ouro ancorando a linda ponte,
ervas levadas pelo vento passam por baixo

"Saigon (AP) Bombadeiros B52 americanos realizaram ontem à noite a maior ofensiva aérea da Guerra do Vietnã perto da fronteira cambojana, soltando mais de 2.000 toneladas de bombas ao longo de uma faixa de 50 quilômetros a noroeste de Saigon, segundo o COMANDO DAS TROPAS AMERICANAS. 'Estão fustigando as tropas inimigas para que elas não possam se organizar', afirmou um PORTA--VOZ americano."

Greves de estudantes tchecos censuradas na imprensa em Praga
Protesto na Howard Marquette & George Washington University:
Granizo nos morros marrons recém-arados –
Nuvens negras de chuvas e arco-íris pros lados de Albion –
Descendo vale de carro rumo a Main Street
Seattle First National Motor
ao lado do Everybody's Bank.

24 de abril de 1969

Orla do deserto de Sonora

Om Ah Hüm Vajra Guru
Padma Siddhi Hüm
– Drum H., de Gary S.,
de Tarthang Tulku

Pardos picos de pedra tocos de rocha
sol desnublado
Braços verdes de cactos a rezar
costelas de espinha elevadas
furados de pica-pau
membros nasofálicos
erguidos em saudação –
olhos de flor alaranjados levantados em
caule de Ocotillo agulhento
pistilos de cacto gigante fechando
brotos sobrancelha-vaginados polenizados
pro cravo cravado –
ramo liso bifurcado de Palo Verde
sobre ouvidos de opúncia

Pluma branca de fumaça sobe
do deserto plano arranhado,
fumaça química, aviões de cobre
militares apodrecendo,
poluição de Fundição de Cobre 4%

– numa gaiola de arame, de bico gancheado de marfim
pupila arredondada negra

cabeça de Águia, penas da cauda
caídas abaixo do galho agarrado, plumas
simétricas do corpo marrons palmadas feito notas de um
dólar,
inseticidas tornaram estéreis muitos
adultos

– pescoço verde de pato lustro espectral como
máquinas lunares
Corvo saltita curioso bico preto
Focinho de Coiote sensível levantado no ar
olho piscando aguçado
como é agudo o alvo assobio do Cardeal de ventre
cor-de-rosa

– estatuetas brilhantes do Buda
em pé
névoa azulada vale deserto –
lições de sensibilidade nesses cactos,
Árvores feito cenouras de metal – fundições de
Anaconda   branca pluma de fumaça em
San Manuel, ou Phelps-Dodge
em Douglas? –
Arbustos de Creosoto Amarelento em poeira
granular, morros riscados de jipes,
Marmotas trêmulas à sombra dos
cactos.   Um museu,
mentes em Cidade-Ashram – gorjeiam
radiopássaros – Chuva Hopi:

29 de abril de 1969

Reflexões em Sleepy Eye

Para Robert Bly

3.489 pessoas simpáticas
Arvoredo de olmos, salgueiros, celeiros vermelhos
    do Condado de Blue Earth, pequeno feudo
    com focinho-bico de gás no morro,
Besourões & lagartos –
        guindastes de aço
        & caminhões alaranjados,
    Semeadeira verde apontada pra baixo
            galo de terra Brinquedo Científico.
Finas inundações, campos lisos cultivados
            revirados, pardos
    restolhos de milho em terra arada,
    trator puxando discos em terra cercada.
Velha árvore caída
    ajoelhada sobre lago,
gasômetros brancos perto
    do bosque do pátio de manobras de Springfield,
        trenzinho desfilando Carnes
        Artigos Vários Sementes North Star
Nossa Bandeira hasteada
    antenas de TV, árvores grandes folhudas
        antenadas se esticam verdes,
        troncos ensolarados
    Ovelhas em outeiro cercado,
        verdes bosquinhos –
    uma floresta canadense vinda

pra essas planícies – Silagem de milho em tulhas,
Moinhos de vento em Tracy,
Silos de esmalte azul com tampos
de alumínio, minaretes em alvo sol.
Cannabis excelente pra secar gânglios
linfáticos, alivia
sintomas de gripe, resfriado.
otite & entupimento
das trompas de Eustáquio –
Uma árvore, curvada quebrada no meio do tronco
ramos tocam chão –
Muita terra, pouca gente, lápides no cemitério
excelsior
falos de ponta prateada apontam céu –
Aum, Om, Ford, Caixa de correio
fios de telefone encordoados
estrada abaixo. Casa margem do lago,
estacas de cerco, sepultura
morro pinheiros sombra d'árvores, Ah
águas azuis onduladas do lago Benton –
finalmente, o Tempo chegou
pro celeiro de tijolo! desabou!
Carvalho velho tronco afundado
sob a terra.
Carro de fazendeiro lavrador discos rodando,
ferro corta terra lisa em paralelas,
terreno ondulado –
Vacas vagueiam sob vergôntea de amieiro,
ramos curvados arcos sobre leitos
de rios de um marrom limpo, árvores
observam na margem
sombra, em pé postura estranha ou de joelhos
pro chão
Cemitério de automóveis enche os olhos

ferro brilha, para-choques cromados
enferrujam –
Cruzes brancas, Mortos da Guerra do Vietnã
sinos de igrejas dobram
Carros, crianças, venda de hambúrguer
aberta, sorriso de celeiro
olho branco, boca-porta.

9 de maio de 1969

Dia da Independência

Florzinha-alaranjada mais forte que pensamento piscando
acima de mil finas folhas de relva –
Dr. Hermon preso no Texas por plantar fumo no jardim
não obstante licença Federal, processado pela polícia
Municipal –
Doce gorjeio de arbusto a arbusto, telegrafia de bicadas
de aves de asas alaranjadas vaivém entre orelhinhas de
ranúnculos –
trinados & doces assobios ligeirando ecossolfejados por
zumbido de mosca,
rugido de jato ribombando por entre as nuvens –
Gafanhotinho tão mínimo subindo toco de capim que os
pássaros nem percebem sua presença –
lanças-folhas macias intensas brotando simétricas, brisa
dobrando suaves flores-cabeças contra corpos mil-
-em-rama –
as pálpebras pesadas, peso estival de medo, troncos de
bordos pesados de folhagem verde –
brotos de pilosela fechados mais fortes que pensamento
tremem em caules altos e peludos.

. . . . . .

Percevejos de casca vermelha rastejam lençóis de guerra,
lixo urbano estraga calçadas úmidas onde crianças
brincam –

Telefonema do Texas relata mais recente prisão de estado
policial.
Ó Eu emaranhado em fios de TV, leis e juízes brancos
o seu trovão de jato ecoa pelas nuvens, seu DDT se espalha pelas águas do firmamento envenena algas &
pelicanos –
Poluição oculta Ilusão, paranoia patrulha ruas das metrópoles com uniforme azul com armas,
– estarão protegidos esses bilhões de folhas de relva?
Meu estômago amarga, pressa urbana & perda financeira, –
Pilosela mais forte que pensamento! Mutuca e abelha!
Erva-de-são-joão acenando sinos amarelos pro sol! olhos
fechados na tua presença, me
deito em teu verde leito macio, vejo luz atravessar pálpebra vermelha, linguagem persistente como trilar de
pássaro no cérebro.
Dia da Independência! o grave muu da Vaca é um Aum!

1969

NUMA CABANA DE EREMITA ENLUARADA

Olhando a Imagem Branca, lua elétrica, névoa branca se
espalhando sobre a mata
Erva-de-são-joão & Pilosela úmidas com Mil-em-rama
ocasional na encosta verdejante
"Tu quer que o Piloto de Aviação Comercial fume maconha? Quer que os astronautas fumem astrágalo?"
Que Comédia, essa Epopeia! O cordeiro aterrissa no Mar
do Álcool – Vozes graves
"Uma Boa quantidade de Dados" – Momentos da primeira
ida do Homem à lua –
Um Milhão e Meio morrem de fome em Biafra – Atletas
propagandeiam flocos de milho –
TV mencionou Estados Unidos tanto quanto o Homem –
Brillo oferece a você um Mapa da Lua grátis
– 2 embalagens –
E CBS repete Epopeia do Homem – Lá está o Walter
Cronkite outra vez,
"Como são fáceis essas palavras... um arrepio na espinha...
Rússia fragorosamente derrotada! China um Quinto da
Humanidade, não transmitiu nem uma palavra a
respeito..."
A Rainha assistiu a alunissagem no Castelo de Windsor –
Passando a perna na Hipnose da Disneylândia, a Multidão
de
Lenço na cabeça
Dando adeusinho pra Câmara de TV – Lua Substituta –
"Hoje em dia é só na Lua que se faz história" –

Correndo atrás do tempo vestindo Traje Espacial
– E Homenagem à Lua no Pasto Central de Carneiros –
Grande momento pra Western Electric!

E chuva na floresta tamborilando na velha cabana!
Eu quero! eu quero! uma escada do coração da mata noturna até a piscadela de prata da lua –
Uma bandeira no ombro do traje espacial do repórter –
Peter Gemendo & Xingando na cama, livre do fardo lunático enfim –
É a base da Tranquilidade onde a Tragédia há de pousar essa Noite.
Atento pra erupções solares, tique-taques de relógios, estática
de Antenas – rápidos como a morte.
Eu não pensava que haveríamos de ver esta Noite.
Crave a bandeira e estás perdido!
A vida é sonho – modorra nos olhos da mata,
Antenas arranhando o teto. Chuva & Estática!
Vi a terra em Sonho aos 37 anos, seminvolta em nuvens, de uma varanda no espaço sideral –
Méliès – tonteira – loucura cinescópia –
"Homens no Sol!" frases da década –
Locutores abobalhados murmurando "142 –"
A sós no espaço: Abaixo a Pressão no Módulo Lunar!
Hare Krishna! Põe o meu Dorje na mesa da cozinha!
Nenhuma Science-Fiction imaginava essa Consciência Ocular
Simultânea com a abertura de uma escotilha no Céu.
Mariposa no Déjà Vu!
Eis o instante – abram a escotilha – cada segundo é pó na ampulheta – Escotilha aberta!
O Vírus vai crescer dar répteis de visco verde em sessenta séculos,

& devorar seus pais tal como devoramos Deus –
Imagine morrer Hoje! Fechar olhos sobre homem na Lua!
A suspirar pra sempre... todo mundo ficou com sono...
    Na varanda da lua –
Um ser humano americano de 38 anos de idade na superfície da lua –
Pegada na poeira de Carvão – saltou do módulo
e é a velha Lua de sempre, como fundo do mar ou pico de montanha, um lugar –
"Tão bonito lá na Lua!" ah, seria Oiro Maciço –
Vozes gritando "Houston falando pra Lua" – Dois "americanos" na lua!
Vista linda, quicando na superfície – "um quarto do mundo
impedido de ver essas imagens por seus governantes"!
Fincando a bandeira!

Dia da Lua, julho de 69

Calor de asfalto molhado de chuva, latas de lixo em meio-fio transbordando

Arrastei colchões sem vida pra montes de lixo na calçada,
velhos tapetes em que dormi de Paterson ao Lower East Side cheios de percevejos,
travesseiros cinzentos, fundos de sofás achados na rua à rua devolvidos,
– saí, pra ouvir história de Assassinato, ciclistas na Rua 3 atacados hoje –
Saltitando pela chuva, Caos caído sobre telhados da Cidade,
sudários de vapor químico pairando sobre os prédios –
Compro o *Times*, Nixon diz que paz é refletida na Lua,
mas não achei nenhum corpo de rapaz pra dormir comigo toda
a noite nas calçadas 3 da manhã em casa em garoa suada –
Os colchões ensopados ao lado de cinco latas de lixo cheias –
Barbara, Maretta, Peter Steven Rosebud dormiram nesses Travesseiros anos atrás,
nomes esquecidos, também fizeram amor comigo, tive esses colchões quatro anos no meu chão –
Gerard, Jimmy muitos meses, até mesmo o louro Gordon depois,
Paul com pirocão lindo, aquele adolescente lá da Pensilvânia, transas esquecidas, jovens amores e amantes sonhados, ventres terrestres –

muitos rapazes fortes de olhos fechados, gozando com
suspiros e me ajudando a gozar –
Desejos já esquecidos, pessoas meigas usadas e beijadas em
despedida e todas as vezes que dei por mim sozinho
no escuro sonhando com Neal ou Billy Bud
– anjos anônimos de meia-vida – coração batendo & olhos
chorando por lindos fantasmas –
De volta da Gem Spa, entro no corredor olho pra trás
de relance e de repente adeus a colchões cheios de
percevejos
empilhados encharcados de chuva escura.

2 de agosto de 1969

Morte de todos os lados

"O Planeta está Destruído"

Uma lua nova contempla nosso doce planeta doente
Orion já perseguiu a Ursa Imóvel por metade do céu
de inverno a inverno. Acordo, mais cedo na cama, cadáveres de moscas
cobrem lençóis iluminados a gás, minha cabeça dói, têmpora esquerda
fibra cerebral lateja pela Morte que Criei de todos os Lados.
Ratos envenenados no Galinheiro e mil piolhos
Mortos com spray de alvos arsênicos infiltrando-se no riacho,
Baratas Urbanas
Pisoteadas em chãos de cozinhas Rurais. Nada de bebês pra mim.
Reduzir à metade hordas de meninos & meninas da Terra & respirar livres
dizem Revolucionários peritos Computadores:
Metade da população de germes desse globo azul é mais do que bastante
proteger pulmão nublado do fedor da pneumonia.
Chamei Exterminador o Qual ensopou Parede Chão com óleo letal pra percevejos. Quem há de me ensopar o cérebro de óleo letal?
Acordo antes do amanhecer, temendo meus pertences de madeira, meus livros gnósticos, minha boca altissonante, velhos amores silenciosos, encantos transformados em

dinheiro-imagem, meu corpo gordo assexuado, Pai morrendo,
Cidades da Terra envenenadas em guerra, minha arte sem esperanças –
Mente fragmentada – e ainda abstrata – Dor na
têmpora esquerda vida em morte –

26 de setembro de 1969

cobertos de folhas amarelas
na chuva matinal

– Quel Deluge
ele abriu os braços
& escreveu o Universo num existe não
& morreu pra provar a hipótese.

Lua Cheia em Ozone Park
Ônibus do Aeroporto correndo no crepúsculo pra
Manhattan,
O Mágico Jack em sua
sepultura em Lowell
na primeira noite –
Aquele Jack por olhos de quem
vi
fumaça glória luz
ouro acima dos pináculos de Mannahatta
nunca verá estas
chaminés a fumegar
outra vez sobre as estátuas de Maria
no cemitério

Canyons de névoa negra
emergindo do melancólico
rio
Anúncios vivos como bonecas

de Pão Esso –
Réplicas multiplicando barbas
Adeus à Cruz –
Eterna fixidez, Buda cabeçudo
de cera pintada
pálido repousando inesquifado –
Ruas de Nova
York de crânio oco
Famélicos fantasmas
enchendo a cidade –
Bonecos de cera perambulando Park
Avenue,
Brilho luz no óculo
Voz ecoando pelos Microfones
Chegada do Marinheiro na Grand Central
Station 2 décadas depois
sensação melancólica –
Nostalgia da Inocente Segunda
Guerra Mundial –
Um milhão de cadáveres atravessando correndo
a rua 42
Prédios de vidro cada vez mais altos
transparentes
alumínio –
árvores artificiais, sofás-robôs,
Carros ignorantes –
Rua de Mão Única que dá no Céu.

. . . .

Rugido Cinzento do Metrô

Um sujeito de cara escura enrugada
de mãos inchadas
apoiado na vidraça faiscante
espelhando postes brancos, o vagão pesado

sacoleja nos trilhos rumo a Columbia –
Jack nunca mais há de saltar na Penn Station
em missão anônima, comer sanduíche
com cerveja perto do New Yorker Hotel nem caminhar
sob a sombra do Empire State.
Não nos entreolhávamos um em cada extremidade do vagão
& líamos manchetes em rostos por Buracos nos Jornais?
Sexualmente caralhado & jovemcorpado lascivo, olhando
pro belo Rimbaud & Doce Jenny
pegando o metrô em Columbus Circle rumo à
escola.
"Aqui morava o simpático toxicômano."

e o xerife caretão bateu na bunda do
garoto cabeludo.
– esquina da rua 103 com Broadway, eu & Hal tomando
esporro
por pedir dinheiro na calçada vinte e cinco
anos atrás.
Posso voltar atrás no tempo & repousar minha cabeça
num ventre
adolescente no segundo andar na rua 110?
ou saltar do vagão de ferro com Jack
na placa da Columbia de azulejos azuis?
por fim a velha estação marrom onde eu tive
uma visão sagrada foi reconstruída, cerâmica limpa
sobre a sujeira & cuspe & porra de um quarto de século.

Saki Wani Choey Bhaki/Garoto copeiro cadê o vinho?

Voando pra Maine deixando trilha de fumaça negra
Obituário de Kerouac preserva
Parágrafos Iniciais da *Time* –

Empire State no Céu Vermelho do Poente,
Névoa branca no velho outubro
sobre os bilhões de árvores do Bronx –
Tem coisa demais pra se ver –
Jack viu sol se pôr vermelho sobre o horizonte do Hudson
Vinte trinta anos atrás
trintaenove quarentaenove cinquentaenove
sessentaenove
John Holmes apertou os lábios,
chorou lágrimas.
Penacho de fumaça subiu das chaminés do litoral
avião ruge rumo a Montauk
estendida no vermelho do poente –
Northport, entre as árvores, Jack bebeu
aguardente ordinária & fez haicais de pássaros
chilreando na varanda ao amanhecer –
Caiu e viu a luz dourada da Morte
num jardim da Flórida dez anos atrás.
Agora totalmente tomado, alma ascendida
& corpo baixado em caixão de madeira
& urna de concreto.
Joguei um punhado beijado de terra úmida
sobre a tampa de pedra
& suspirei
olhando no único olho de Creeley,
doce Peter segurando uma flor
Gregory desdentado dobrando o
dedo sobre máquina de Cinema –
e assim acabou o Poeta de língua
enlameada que fez soar suas Kock-agens
por toda a Passagem do Noroeste.
Crepúsculo azulado em Saybrook, Holmes
se acomoda prum jantar vitoriano –
& a *Time* em dez páginas dá destaque
pras Bichas Homossexuais!

Bem, enquanto estiver por aqui
vou trabalhar –
e qual é o Trabalho?
Aliviar a dor da existência.
Tudo mais, uma pantomima
bêbada.

22-29 de outubro de 1969

Flashback

Dentro de um carro Fumaça cinzenta sobre Elmira
O enorme reformatório de meninos fábrica de tijolos
Vale abaixo serra nevoada 25 anos atrás
Eu com Zé Soldado em licença murmurei verde Erva.
Jack não está mais entre nós, cinzas de Neal
A solidão faz os velhos gemerem, a solidão de Deus,
Ó mulheres calem-se, berrando por mais carne de bebê.

10 de novembro de 1969

'TI 12ª PRIVADA BANHEIRO DOS
NS AEROPORTO DE SYRACUSE
11 de novembro de 1969

Sou casado e queria foder com outra pessoa
Coma carne fresca no mercado (Vá pra Casa)
Marinha dos EUA 69
Quero chupar uma pica grande A Combinar
Apoie a Luta do Terceiro Mundo Contra o Imperialismo
Americano
Trepei com a mamãe e peguei gonorreia
Toda força aos vietcongues!
Isso! Mete no cu deles com toda força!!! Ω
Talvez o Homem precise – Porém matar é só Cera
manteiga marrom
20 de abril de 1965 Mike Heck & Salena Bennett
Manda pau
Vire a bunda pra trás e seja um cara pra frente.
Eu queria chupar uma pica grande.
Eu também.
A guerra é um bom negócio Invista o seu filho.
Socorro J.P.
John Wayne foi reprovado como recruta.
Pat Miller 69 Em licença
Minha mulher chupa pau.
O Homem-Galinha está Vivo É, lá na Argentina
Paz & Amor é Babaquice
Quero que alguém chupe meu pau Quem que eu chamo?
E se dessem uma guerra & Ninguém fosse?

A Vida tocaria os sinos do Êxtase e Seria Vida Para Sempre.
J. Edgar Hoover do F.B.I. é Voyeur.
Bicho, eu tô muito louco mesmo alucinado siderado – esse ácido é o máximo as cores aqui são incríveis são demais mesmo e os ladrilhos do chão são o maior barato se você nunca experimentou você tem que experimentar porque o único jeito de endireitar a cuca legal mesmo é primeiro entortar ela LSD Hoje e Sempre.

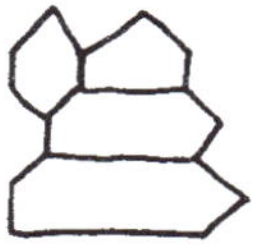

CH2CH2N(CH3)2

DEPOIS DO ATO

Quando ele beijou meu mamilo
    senti arrepio no cotovelo –
Quando lábios tocaram meu ventre
    cócega chegou até a orelha
Quando tomou a cabeça do meu pau pra lamber
    um tremor contraiu esfíncter, júbilo
        estremeceu minhas veias
Respirei fundo suspirando ahh!

– – – – –

Me espelholhando, penteando
    barba grisalha luzidia
Eu considerado olhar penetrante
    atraente pros jovens?
Mágica má ou coisa assim –
Mágica besta provavelmente.

novembro de 1969

G. S.* lendo poesia em Princeton

Barba dourada penteada feito fogo chinês cabelos dourados
trançados à altura da nuca –
ouro virando prata em breve – rosto cansado testa jovem
enrugada, sorriso de ossos fundos,
minúsculo brinco azul, anel de turquesa no dedo, colar
de contas de Paramita em torno de crânio-noz de
marfim –
No Monte Deer, na barriga de ferro de um navio, sentado
de pernas cruzadas no diva em Princeton,
voz corpórea trovejando Sutra do Urso pra seres mais
jovens –
aquela com cabelos longos até o tapete, pernas de jeans em
posição de meditação
ou aquele garoto meio índio rosto tão sério dorido por
sofrimento da árvore ele
tem mais compaixão por urso, gambá, veado, coiote, plan-
ta, baleia que por seu próprio pau recém-florescido.
Ó Dharma do Lagarto
que hálito, que Aums por ramo de olmo & canyon rochoso
e por crânio de mamífero zumbiram,
hino a cérebros em cálice de osso multiplicados por
universidades do planeta
tantos, com tamanha ternura de face magra olho atento, o
próprio Fitzgerald haveria de chorar de ver
rostos estudantis celestiais, Seres angélicos de longos ca-

---

* O poeta Gary Snyder. (N.T.)

belos fadados a enxergar por tantos olhos humanos
    planetares –?
Princeton na Eternidade! Os longos anos caem, florestas
    de dezembro sob a neve
Velhos poetas meio século atrás ossos partidos na morte
álcool tremendo em olhos imortais, Fitzgerald & Kerouac
    chorando, na terra uma vez –
voz da terra atravessa o tempo, velhas juras e profecias
    lembradas, preces na montanha repetidas,
voz de Gary ecoando oca sob lâmpadas elétricas redondas.

1970

Sexta-feira treze

Explosões rasgam Espiras d'Ar Pardo-Jornal do meio-dia
de Mannahatta,
Rugido de avião sobre nuvem, outros passageiros enroupados em seda & coquetelizados queimando óleo de
NY a Chicago –
Arrebentando céu com altas finanças, Comércio de Poesia
de um bilhão de corpos,
tudo Revolução & Consumo, Manufatura & Comunicação
Bombexplosão, torta de legumes, rosquinha de borracha
acessório sexual & luminosa TV Jato CIA Piada Exorcismo Peido Mantra
ou guerra eletrônica Laos pra ajudar treinamento da Gestapo em São Domingos
e também massacrar fumo, queimar era de Aquário em
fumaça de fábrica de carvão
– Ah como são belos os campos nevados com chão de terra
sob os furos das nuvens
entrevistos de aeroestradas poluídas nos céus rumo a
Illinois –
Com que direito eu como petróleo armas & metal do
coração da terra
Com que direito eu queimo gás, guincho borracha sobre
a terra cansado à meia-noite em sinais vermelhos
esquinas de Peoria, Fort Wayne, Ames –
Que prece há de trazer de volta frescor a prados do
leste, húmus a terras de cinzas, erva a encosta
enferrujada,

transparência ao leito do rio Passaic, Multidões de baleias
azuis aos golfos de coral –
Que mantra há de trazer minha mãe de volta do Hospício,
soldado Brakefield de Leavenworth, Neal das Ruas
do Hades.
Hampton, King, Gould, milhões assassinados suicidados
dos campos devastados de Guerra de Sheol
onde corpos se contorcem braço de perna arrancado pulsar
de coração espasmado cérebro sumido em dinamite
Napalm escombros de Song-My à rua 11 Manhattan
enquanto bombas ribombam queimam nações de vértebras
fundidas de Hanói a Chicago Tu-Do a Wall Street,
Metástase de dinamite seguindo célere pro cérebro da terra
cancerando formas do mundo dos homens –
Ardem arsenais, morrem meninos com baias nas bocas,
mães gritam se dando conta da imensa tonelagem
de napalm
descendo Grand Concourse, Bombas de fragmentação
pregos quicando em paredes de Haifong
metralhadora matraqueando em Halstead, Carma da
Violência Estatal
ondas de terror englobando globo terrestre até cozinhas
noturnas de casas classe média televiseiras
Imagem 3 anos atrás, grito profético de pontinhas em teia
eletrônica rebentando paredes de banheiros,
ladrilhos & canos explodiram em Nova York como na rua
da Embaixada em Saigon
– "A Northrop é a favorita na concorrência pra construção
de um caça a jato, para o qual há um grande mercado
no exterior" – *Business Week* 7/3/70

Poluição da terra idêntica à poluição da Mente, Poluição da
consciência idêntica a céu imundo. Usura de mente suja
simultânea a pó de metal em cursos d'água

assassinato de peixes grandes & pequenos igual a autoem-
porcalhamento cabelo curto controle mental,
repressão com gás asfixiante de garotos de rua gnósticos
idêntica à extinção da águia com DDT.
Leite materno envenenado tanto quanto pensamentos
de pais, todos sujos de ganância debruçados sobre
projeto de carroceria de automóvel –
Que pode fazer a Poesia, como sobreviverem as flores,
como ver o homem a multidão cuca legal, ouvir
música do coração, sentir êxtases caralhais, gosto
antigo natural pão preto e doces legumes, cheirar pele tenra
de pescoço de neném
quando 60% da Grana Estatal sobe aos céus em nuvens de
gás ardendo em Chaminés da Máquina da Guerra?
Quando a Violência inunda o Estado vinda de cima, terra
florida arrasada pra proliferação de robôs
arraigada em metal & asfaltada até 2 metros abaixo da
camada de húmus,
então quando crianças com bombas concluírem cursos de
ginástica empapadas de sexo das Escolas Primárias
apavoradas com Exército Finanças Carneosso, presas por
policiais por usarem cabelo maconhado,
Capazes de profetizar Paz, ou prometer Futuro pra todos
menos insetos armados,
soldados de Antenas pontiagudas de aço com ovibombas
brancas no lugar da genitália,
Besouros de esguicho de visores azuis, legiões com más-
caras contra gás em Ninhos- Arsenais de tijolos
vermelhos –
(aranhas barbudas enfileiradas sob sótão & teto com
plástico-bosta de Mercurarsênio preparado em casa
pronto pra Imolação da Abelha-Rainha
em Sacramento, Trenton, Phoenix, Miami?)

O Estado provocou uma praga de balas bombas & bombásticas palavras-fogo
duas décadas atrás, & semeou na Ásia pensamentos excretados em banheiros de Washington –
agora o Grande Medo deu a volta ao mundo & engloba o ar cor Cinza-Jornal
em ondas que atravessam nuvens polutas no Céu
e o Jato TWA queimando gasolina arrebenta a barreira do som sobre Manhattan.

Chicago Chicago Julgamentos de Chicago, gritos, lágrimas, gás asfixiante, estradas mafiosas – velhos Massacres em garagens de subúrbios!
Carros viram água Prefeituras se dissolvem em Dilúvio Secular,
Policiais & revolucionários passam como nuvem de gás por asa de águia.
"Qual é o teu nome?" pergunta o homem do distintivo enquanto máquinas comem tudo quanto é Nome & Forma,
A História é mais rápida que o pensamento, poesia é obsoleta em décadas mínimas se bem que talvez lentas canções dancem eternas –
vem língua da guerra, bombas explodem cada uma um minuto, minas de carvão gastam coração da terra,
Subúrbio novo de Chicago estende pele recém-desnudada da terra ao olho solar,
carros correm mil pelo ar cinzento rumo ao jatoporto.
Escravos do Plástico! Prisioneiros de sapatos de couro e calças de algodão! Viciados em cabelo curto! Cafungadores de dacron!
Vidrados em gravatas listradas! macacos de cabelos curtos de papo pro ar! Uisquiômanos que desbundam com 530 bilhões de cigarros por ano –

Traficantes de vinte Bilhões de dólares em publicidade!
tomadoras de picos de batom & chincheiros de Lixo via telex!
Vapozeiros calhordescos de bandeiras nacionais! Putas de poluição motorizada Vampiros nas autoestradas!
Doidões de explosão demográfica alucinando condomínios em Florestas! Fissurados em filés entortando com Televisão!
Velhinhas tomadoras de Ações – Transeiros de Dinheiro de Wall Street!
CIA cortando plantações de ópio em Meo; lobistas da China descolando papoulas na Birmânia!
Até quando este governo Viciado sustentando nossa dependência de petróleo
injetando velocidade eletrogasolina antes de luz azul explodir & Polícia eterna por fim trancafiar Humanidade?
Aeroportos robôs ruas de desalmado comércio informação eletrônico mercado arranha-céus
d'almavazia, explodindo.
Matéria pura espatifando-se, desintegrando-se de volta ao vácuo,
Sunyatta & Brama imperturbáveis, cidades-Ilusões explodem como fogos de artifício,
Samsara se rasga de alto a baixo – Crepúsculo em Chicago, brilholuzente ao longo de avenidas,
carros de olhos de insetos se arrastando à luz azul dos postes,
motor de avião zumbe nos tímpanos, tetonuvem da cidade se enchendo de gás cinzento até o céu limpo – horizonte do planeta auroral riscado de penumbra,
espaço azul acima labuta caminhônica humana, céu Vazio
mente Vazia sobrevoando Chicago, universo inteiro suspenso sobre Chicago.
Ó Jack tu escapaste do vero dilúvio.

Pica esperta, virar sombra, eu arrasto essa carne peluda
perda pelo céu vermelho-sangue
furando assoalho de nuvem rumo a Chicago, fogo-poente
obliterado em gás escuro.

13 de março de 1970

Mobilização de Washington

Sol branco sobre crânios suados
Monumento a Washington piramidado altas nuvens graníticas
acima de massa d'almas, crianças gritando nos cérebros
na grama tranquila
(negro preso pendurado de blue jeans em cruz de terra) –
Luz d'alma sob céu azul
Reunidos perante Casa Branca cheia de alemães abigodados & botões de polícia, telefones de exército, Campainhas de CIA, grampos de FBI walkie-talkies de Serviço Secreto, alarmes Interfone pra Delegacia de Entorpecentes & Especuladores Imobiliários Mafiosos da Flórida.
Cem mil corpos nus perante um Robô de Ferro
Cérebro de Nixon crânio Presidencial espiando por binóculo da Ala Leste da Fábrica de Paranoia Poluente.

9 de maio de 1970

Ecologa

Daqui a mil anos, se houver História
Os Estados Unidos serão lembrados como um paisinho
antipático
cheio de Panacas, espinhenta rosa de estufa
Cultivada pelos Jardineiros Covardes
"Presidente Mao" políticas à parte-chefe de um Bilhão
de seres humanos, importante velho & enorme
Nixon um cara especializado na sua Ilha
industrial, Mecânico limpo paranoico –
Terra rodando, epopeias em idiomas arcaicos
pescadores contando histórias insulares –
todos os automóveis tornados pó,
árvores por toda parte.

☆ ☆ ☆ ☆ ☆

Rugido Áspero de Vento, massa de copas de árvores
se agitando na janela,
Grito pânico no jardim
A Vaca Bessie solta no Milharal

Pequena dakini tocando seus sinos
& ouvindo recém-barítono Dylan
dançando na sala quase esquecendo
que está acabando a eletricidade
das baterias no pasto.

Cadeiras arrastadas no andar de baixo, vozes de cozinha
Cheiro de maçã & tomate fervilhando no forno.
Atrás do Galinheiro, voa terra da pá
hora após hora, amanhã vai ficar um buracão.

O editor dorme em sua cama, findas as Tarefas matinais,
Ponteiros se aproximam do meio-dia, porco fuça
perto das lajes
do caminho, papéis & cartas quietos
em muitas mesas.
Livros por toda parte, Cabala, Fragmentos Gnósticos,
Mahanirvana & Tantras de Hevajra, Boehme Blake &
Zohar, Veda Gita & Soma, alguém lendo – um cozinhando,
outro cavando fundações pra pocilga, outro expulsa Vaca
da horta, um dança e canta, um escreve num caderno, um
brinca com os patos, um nunca fala, um dedilha o violão,
um carrega pedras pesadas.

A hélice do gerador eólio
zumbe & árvores se elevam no vento
um bordo na borda da mata vermelhou.

Galinhas mergulhadas na poeira perto da parede,
coelho na cerca focinhando punhado de Barbas de Milho,
mosca pousa em parapeito de janela.

Corrente comprida retesada, o Bode faz um Círculo na grama
perto da cerca, eu chego perto
ele fica imóvel com cacete vermelho e longo
esticado latejando entre as patas traseiras
Esguicha urina um minuto, baixa a cabeça
pra ver & lamber sua mijadinha –
Por isso que ele tem cheiro de bode.

Cavalo perto do arame farpado lambendo sal,
levanta a cabeça comprida & relincha
quando eu vou até os salgueiros
procurar a bezerra que nasceu 3 dias atrás.
Deitada no capim alto, pelo castanho úmido –
a mãe dela do lado, nariz coberto com nuvem de moscas.

Poço está cheio –
a bomba de Ferro fundido
que faz água subir
pela pressão hidráulica
que flui da gravidade
Logo será ligada,
& água vai sair da torneira da pia da cozinha.

Algumas noites no saco de dormir
Grilo zumbindo redes prados orvalhados,
estrelas brancas lantejoulam no céu negro,
adormecendo eu ouço & vejo
até olhos fecharem, e acordo silencioso –
às 4 da manhã todo o céu rodou,
uma lua Crescente ilumina a mata.

& semana passada numa noite Fria
verão desapareceu –
maçãzinhas em velhas árvores vermelhas,
tomates vermelhos & verdes no pé,
abóbora verde enorme sobre folhagens,
milho abundante em palha verde-claro,
saco de dormir úmido de orvalho matinal
& aquela árvore ali vermelha na borda da mata!

Vento mais alto! teremos eletricidade pra tocar os Beatles!

No fim do verão o porco branco estava tão gordo
que pesava mais que o filho de 3 anos
da Geórgia Ray Bremser.
Coça o Não Me Morda sob pata traseira,
deita de lado grunhindo docemente,
focinhando os tufos de capim, barriga quente
macia.

Eldridge Cleaver exilado c/ guarda-costas em Argel
Leary dormindo em cela de ferro,
John Sinclair um ano de cadeia em Marquette
cada jornal mais violento que o da véspera –
Guerra total bombas desavergonhadas
da Indochina a Minneapolis –
nó na barriga ao ler nas entrelinhas,
mentiras, surras nas prisões –
Falta de ar no sofá –
desolação na cama ao nascer do dia –
Lavar pratos na pia, tomar chá, fazer ovo
quente –
meditar sofrimento de milhões em cidades a
trezentos quilômetros daqui
à margem do rio Hudson sujo de óleo, infectado
de Química.

Ed Eremita desce morro
quebra um ramo de bordo
& oferece folhas verdes tenras a coelho de olhos
cor-de-rosa.

Debaixo da bétula, cogumelos amarelos
brotam entre folhas de capim & ambrósia-
americana –

Quem come eles morre ou fica muitodoido & vê
Deus –
Aguardando a visita do sutil micetólogo.

Inverno está chegando, faz um andaime de madeira
& enche de bosta de cavalo, bosta quente,
e cerca a casa por todos os lados.

Bucólicas & Éclogas!
Hesíodo começo do Mundo,
Virgílio fim do Mundo dele –
& Catulo chupava picas no interior
longe da polícia do Imperador.

Império cresceu demais, cidades loucas demais, Roma
cheia de lixo
cheia de soldados bêbados, políticos obesos,
negociantes circenses –
Vida mais segura, mais saudável na fazenda, fazer vinho
na Itália, plantar fumo na América.

Poça desceu quase um metro da ponta enferrujada da
calha –
Timothy ficou marrom, coberto do esterco recém-
espalhado
cheiro gostoso na brisa forte,
vai estar coberto de neve den'de dois meses.
& Leary coberto de neve na prisão de San Luis Obispo?
A mente dele flocos de neve caindo por todo o País.

Don Winslow o marceneiro veio olhar o porão
Pra gente fazer um bom depósito pra raízes
batatas, beterrabas, cenouras,

rabanetes, pastinaga, potes de vidro com milho &
feijão?
Veio o agente funerário pra medir a gente pro próximo
Inverno?

Moscas pretas perambulando pela tela de metal,
pata de mosca cócegas na minha testa –
"Eu toco numa flauta de osso de mosca
& bato num tambor de ovo de formiga"
cantava o índio quéchua
muito doido de pó de Huilca, alucinógeno
medieval peruano.

Phil Whalen no Japão
mexendo o arroz, olhando pro jardim,
pena de ponta afiada ao lado do caderno.

Jack em Lowell criando vermes, senhor de sua
gleba minúscula profunda.

Cinzas de Neal sob uma mesa cheia de
livros, numa gaveta de carvalho,
sol atravessando janelas suburbanas.

Ó vento! rodai a hélice do gerador, fazei Suco de Energia
Que abasteça o Novo Sutil Gravador de Barulhos, que hei
de louvar
no meu canto tua música arbórea.

Folhas de abóbora balançam & ambrósia-americana acena,
plástico

preto esvoaça sobre pilha de troncos de tília
boletim legislativo de Hamilton Fish

informa “Leis mais severas contra venda de
pornografia”
balançando em teias de aranha poeirentas ao lado da
janela.
Que diz o Amperímetro do Gerador Eólio? Vamos
gravar *Mais Elevada Perfeita Sabedoria* o dia todo
amanhã,
ou o *Escolar* de Blake sem interrupção semana que
vem?

Chuva fina enviesada molhando varanda cinzenta
Garrafas Vazias de Ginger Ale
na balaustrada de madeira, tinta branca
descascando
formando flores
alaranjadas

Lá fora no jardim, chuva
molhando a grama, as folhas, os telhados,
molhando a roupa no varal.

* * *

Ventos noturnos sibilam na massa negra dos bordos
Luz de gás emana da
janela do segundo andar da casa
vento vazio de cozinha
Cassiopeia ziguezagueando
Via Láctea através de nuvem

4 de setembro

O porquinho berrava sem parar
quatro patas rígidas sobre a relva
berrando sem parar
Ah Não! Ah Não!
queixo escorrendo sangue
quebrado pelo casco do cavalo.
Dormiu na palha a tarde toda, olhos fechados,
focinho repousando entre patas –
bebeu ração líquida – em duas semanas
ele já sarou
disse o Veterinário de macacão.
Aquela pata enlameada ficou debaixo da porta
de junho até setembro, pelos secos e ossos
de três pintos amarelos encontrados
perto da garagem –
sobraram dois ovos gorados, noites mais frias –
Semana que vem, levar o ninho dela
pro galinheiro barulhento.

Enterramos cadela ao lado da macieira –
viu a filhinha Radha
cheirou-lhe o cadáver inchado, moscas
zanzando ao redor do olho & focinho seco,
cheiro doce de podridão, pernas duras, ânus
inchado pra fora,
Olhos Tristes perseguiram o caminhão do leite & foi
morta.

Quantos negros cadáveres foram encontrados no rio
quando procuravam Goodman, Chaney, Schwerner?

Marido e mulher choram no sótão
após vozes amargas,
vozes baixas ameaçadoras.

Pernas Partidas no Vietnã!
Olhos voltados pro céu,
Olhos chorando pra terra.
Milhões de corpos doridos!
Quem pode conviver com essa Consciência
sem acordar assustado ao raiar do dia?

A Fazenda é uma farsa!
Loucos criando abóboras gigantescas sem química
protegendo aspargos do frio, fervendo tomates pro
Inverno,
secando feijão, fazendo conservas com pepinos
doces & com alho, salgando repolho pra fazer chucrute,
enlatando milho fresco & jogando as palhas pra
Bessie –
Maria Antonieta já tinha pronto o disfarce de
ordenhadora.
O olho de Robespierre caía sobre a bochecha
na carreta que o levava até a guilhotina –
Pantera Negra perdeu dentes com um soco em Paterson,
sangue vermelho coagulado na pele preta peluda –
Milhões de corpos doridos!

Um por um arranquei bichos de listras laranja macios das
folhas marrons ressecadas
joguei-os enrodilhados no querosene,
ou esmaguei-os no chão com pedras –

Foguete lunar foto da terra, cor de pavão,
presa com percevejos a parede de madeira,
globo no céu negro
globo ocular vivo banhado em remoinhos de nuvens –
Estará a própria Terra assustada?
Será que ela sabe?

Ah Não! Ah Não! o grito Ininterrupto
do porco
Não Me Morde no quintal dos fundos,
queixo ensanguentado retorcido.

Morro acima no chão do pinhal
cogumelos se contorcem entre folhas secas de pinheiros,
fungos semitranslúcidos, flor semimetálica

Rã semissubmersa na poça de lama
superfície estremecida de peixinhos,
contemplando nosso Universo –
Tanto peixe-rã, inseto efemérida, samambaia de brejo
– Tanta Libélula de roda de Ezequiel
pairando sobre musgo de raiz de erva –
Eles nem vão saber quando o homem acabar

Acordo às 2 da manhã tique-taque de relógio
Quê que eu estava sonhando
meu corpo alerta
Luz de polícia nessa estrada de terra?
Cães da justiça farejando campo à cata de Sementes de Fumo?
Será que encontrariam um cogumelozinho marrom
jogado da minha janela?
Será que o FBI leu esse haicai?

Quatro da manhã
arrepio na costela olhos abrem –
Zumbido grave pela casa toda –
Gerador? Fortim com Radar no Alto do Morro?
Tráfego no Vale a 8 quilômetros daqui?
Quando que a Maquinaria Camburônica vai se reunir
na entrada da reserva florestal do Estado?

Pela janela – Três Marias brilhantes,
Plêiades e Ursa brilham silenciosas –

Roupão lanterna, estrada acima Via Láctea
Contornou a casa esse mês
– lembra do Chifre do Touro ali ano passado?
Coelho branco em pasto de cabras, pulou cerca do
galinheiro?
Fugiu com um salto da lanterna? Espera que o Divino
Cão vai acordar!
Volta! Ele vai te morder! Toma uma folha de beterraba!
Pwzxst! Pwzxst! Pwzxst!

Janela de sótão iluminada entre árvores,
Nuvens roçando lua-foice –
Luzinhas minúsculas no céu escuro
Estrelas & Grilos por toda parte
Lampejos – assobios elétricos
brilhos-guinchos
Piscos-pios
Planeta de gafanhotos
chiar de zéfiro
Grinchos –
Grilos em grama fria orvalhada
Cantando cantos de amor ao morrer.

* * *

Manhã, coelho branco duro, olhos fechados,
barriga pra cima na grama, dente-nariz,
ao lado da pilha de esterco – cavar buraco –
Devia ter apresentado ele aos cachorros à luz do dia –

Jack o Aleijado chegou
    pra julgar os patos –
        Todos os ovos estéreis,
    esmagados na pedra, tripas úmidas
        & cheiro de goela podre –
    Pata-mãe enlameada,
        arrastou ninho de palha
            & bicando pele do meu pulso,
A tarde toda andou de um lado pro outro grasnando
            pela cerca de arame

Porca deitada acordou,
        bebeu suco de beterraba, fuçou madeira da varanda
    nem sabendo dos ossos quebrados –

Orvalho matinal, folhas finas feito papel & flores aguçadas
    de girassol arrancado de caule ferido,
    Quem fez uma coisa dessas!? Tarde demais
    pra consertar a cerca de arame farpado,
    Vaca Bessie inteligente perambula ao luar.

Leary pulou a cerca de corrente & dois arames farpados
                                                    também
    Esse fim de semana, "Armado & Perigoso",
        Entrou pros Weathermen!
    Então começou a Revolução? Terceira Guerra Mundial?
Que Mau Olhado não olhe por janela, fechadura nem
            alça de mira ao rosto dele encanecido!

Agora há meia-lua sobre a América,
    folhas tingidas de vermelho coram espalhadas pelo
                                                    morro,
    lá no pasto árvores singulares laranja testas pensam
            Outono nos pinhais –

Os bordos na borda do mato têm vermelho-fogo mais forte
Realizou-se o Sonho Eterno dos Aborígines da Austrália –
Antigamente tinha urso no morro East; raposa naquele mato,
Tinha lontra – até mamutes peludos no tempo do sonho Eterno –
Leary está solto nas matas do mundo – as baratas são imunes a radiação?
Richard Nixon dispõe de meios de extinguir os Mundos humanos,
o Homem possui as máquinas do Suicídio,
Orai por Timothy Leary nas Matas do planeta!
Om Mani Padme Hum
& Hare Krishna!
"Assim como perdoamos àqueles que nos ofenderam,
seja feita a Vossa Vontade
assim na Terra como no Céu"
Ali Bessie você comeu meus girassóis ainda por nascer!
"Deus nunca se repete" Harry Smith no telefone hoje.

Talvez não voltemos, Richard Nixon.
Talvez não voltemos, querido Tim foragido.
Será que Peter vai consertar a bomba manual da pia? o congelamento no porão?
Capim do quintal fede, se os canos da cozinha despejam
na fossa séptica, as Bactérias vão morrer
com sabão, Amônia e Querosene?

Joga fora esse trator velho ou então conserta!
Caixas de papelão podres na chuva perto da garagem!
Velhas mesas de Cidade quebradas embaixo da macieira!
Aproveitar elas como lenha pra lareira!

Onde é que a gente guarda todas as garrafas do verão?
Bombas de gasolina, bandolins quebrados, pneus
velhos –
Quintal dos fundos feio – Aposenta essa garagem!
Onde empilhar a lenha bem prático pra vista?
Dinheiro pro gerador? Onde guardar esfregões no Inverno?

Leary fugitivo, Sinclair pegou dez anos de cadeia –
embora 83% do ópio ilegal do Mundo seja
preparado
no Cérebro Indochinês da CIA!
Policiais Federais Estaduais Locais transam herô –
Nixon leva bola da Máfia,
Relações Públicas do Pentágono faturou 190 milhões em
subornos em 1969 A.D.
J.E. Hoover faz chantagem sexual,
o *Times* tem pena dos "estudantes idealistas"
Polícia matou 4 Negros em Nova Orleães
Fascismo nos Estados Unidos: –
i.e. Polícia controla Cidades, não Prefeitos nem
filósofos –
Polícia, só Polícia, principal causa do crime.
Prisão Preventiva agora é legal no Distrito de Columbia
México & Senegal fecham fronteiras pra Adam
Longhair

Tantas maçãs em pomares abandonados,
e Sidra fresca e doce, jantar de hoje –
cebola & repolho fritos no ferro –
poços transbordam, carneiro hidráulico
voltou a funcionar direito,
Éclogas! fosfato do detergente da lavanderia da cidade
sujou as águas límpidas do riacho Snyders –
Tenho um garoto lindo na casa,

aprendo notação de teclado, acordes & improviso
livremente sobre os mantras de Blake à meia-noite.
Hesíodo documentava Inícios
eu documento fins pra homem Nenhum.

Ave Deuses, a quem é dada a Consciência.
Ave Homens Conscientes dos Deuses!

Tempestade elétrica!
Encostas transformadas em ouro úmido,
Morte de folhas começou, Setembro universal
Emerge em velhos bordos
Sinos de cabras perto da casa, mas no jardim não tem
mais muito que elas possam comer,
& vaca atacou pés de beterraba e já estraçalha –
O que ouvem os cães ?
Pássaros guincham & chilreiam, cocoricó do Galo
ecoa ao redor da casa

A civilização está desmoronando! Congelador
está morno, quem há de saber por quê?
A Privada de um ano de idade está vazando na base – As
baterias
tão fracas do Gerador Eólio estão no fim –
Centenas de tomates com manchas pretas
à espera perto do fogão de lenha na cozinha
"Inútil! inútil! a chuva forte invadindo o mar!"
Kerouac, Cassady, Olson cinza & terra, Leary treinador
irlandês fugitivo,
Magos Negros gritando de raiva de Newark a Argel,
Quantas garrafas & latas empilhadas na nossa lata de lixo?

outono de 1970

Guru Om

4 de outubro de 1970

Rodas de automóveis rugindo sobre concreto de viaduto
Desce a noite sobre Dallas, dois edifícios brilham sob
lua-foice
Muitos rapazes e moças na cadeia por causa de seus corpos
poemas e pensamentos amargos
Hálito oco de meu ventre sobe em suspiro através do
coração
Guru Om Guru Om avoluma no espaço vasto do peito
O Guru tem barriga escura de homem e pica cabelo grande
barba branca cabelo curto chapéu alaranjado pessoa
alguma
Beatitude apenas nada pro meu corpo só fazer Guru Om
morar junto a meu coração
devo ligar pra Nova York e avisar aos meus amigos onde
estou a me calar?
devo ligar pra minha própria cabeça & mandar que minha
própria voz se cale? mas
Como é imensa, silenciosa e macia a caverna do meu corpo
olhos fechados
Penetrar no corpo é difícil, o ventre é cheio de ar mal-
cheiroso
o corpo digere a carne do sábado passado pensando em
Cigarros, olhos brilhantes de garotos
Que Ácido oito horas são oito horas de atenção constante
em Om –

o Guru é igual ao Om de quem o busca
Guru Guru Guru Guru Guru Guru Guru Citaram Omkar
Das Thakur de voz fina recomendou "Abandona o desejo de filhos"
Dehorahava Baba sentado no Ganges explicava pranayam da comida & bebida
Nityananda atravessou flutuando seu corpo fotografado gigantesco
Mão de Babaji mão de morto nos meus dedos de morto
Lá fora do avião gás marrom sobe até mar azul do céu
– como terminar o filme poesia mental?
como mandar Kabir Blake & Ginsberg tampar ouvidos?
Fechado em silêncio Guru invisível aguarda encher seu corpo de Vazio
Estou abandonando o mundo, vou fechar os olhos & descansar a língua e a mão.

5 de outubro de 1970

Olhar na Cidade sem ódio
pra lua alaranjada afundando em Nuvem azul
segunda noite automóveis rugem de um lado pro outro torres da Cidade no horizonte
avião passando entre lua e torres de bancos banhadas em luz branca
névoa relâmpago acima cidade dos homens de lâmpadas piscantes
Cidade mental elevada particularmente sólida.
Que era d'outrora plantou essas cidades visionadas das janelas dessas longínquas torres
Serafim empoltronado em Déjà Vu Babilônico no hotel Hilton?

6 de outubro de 1970

Monte de pedra aço trançado eletroiluminado de edifícios de Dallas sob quarto de lua

Carros se chocam ao crepúsculo em Mockingbird Lane, placas de Drogarias Supermercados rodam com insistência muda chamando todos sobre Viaduto North Central

Leary saltou muro com espada, Errol Flynn está na sepultura, bombas & bandeiras sobrevoam bolsa de valores de Dallas

petróleo flui das Torneiras do Hilton, vapores de gasolina sufocam Amargoseiras em Ganeshpuri –

Maya roda sobre rodas de borracha, Samsara se ilumina com neon em edifícios de vidro, Ilusão abre suas tortas de dobradiças de alumínio –

minha mãe devia ter transado asanas & Kundalini e não camisas de força & Eletrochoque nos aniversários do FBI de Roosevelt –

Em que parte do corpo fica o corpus sutil do tamanho de um dedo, dizem que é no pescoço

onde fica o negro corpo causal do tamanho da metade de um dedo, no fundo do coração talvez oculto?

onde fica o Cadáver Cósmico, pequena mancha azul do tamanho de uma lentilha no umbigo?

Todos os seres em guerra no corpo Grosseiro, Carros blindados & Napalm, rifles & cabanas de sapé em chamas, Gás Asfixiante em Wall Street, gás lacrimogêneo inundando a bolsa de valores em baixa.

Olha dentro dos corredores da cabeça, *nervosos corredores das pernas,* universo dentro do Peito escuro reino de bebês no crânio.

"Você já viu esse filme?"

Velhos troncos peludos de bordos raiz asfalto grama margem, ramos de novembro de folhas parcas,
Fios de gigantescas torres metálicas de pernas de pau se estendem sobre lago mata estrada, sol branco descendo serra Oeste.
Carro passa sob viaduto, vozbuzina no rádio "Bobby Seale amarrado & amordaçado no Tribunal" sem direito a advogado inocência pressuposta?
Alucinógeno do Amor MDA Cura Vício de Heroína? Rochester um quilômetro piscando na janela do Fusca –
Céu azul raiado de cardume de nuvens de azul-baleia-fantasma fluindo norte –
Doido, doido, Manson suspirou no Tribunal, quanta gente presa por causa de fumo Pergunta ao Deputado?
Acidente na Estrada! Política! Polícia! Drogas! assalto à mão armada é de Praxe no lado leste da rua 10, não pode fazer seguro.
– Veado castanho amarradinho pelas patas olho morto chifre sobre mala de Carro azul, velhos no banco da Frente, eles vão comê-lo!
Socorro! Hurra! O que está Acontecendo? Samsara? Ilusão? Realidade?
Que são esses trailers todos subindo a serra, mais gente? Assim como é que Lyca vai dormir?
Vacas em campos de Canandaigua lactando dentro de latas reluzentes de aço inoxidável borracha plástico maquinaria laticínia –

Suicídio Revolucionário! Gasolina persa no tanque?
Matar Baleia & oceano? Ah um único americano eu mesmo caga 1.000 vezes mais resíduos Químicos pra dentro dos rios & mares que um China qualquer!
Câncer Suicida Mundial Americano! Eu próprio dependente de substâncias Químicas, rodas, dólares.
Latas de Coca metálicas baterias de propano Líquido maconha alface abacate cigarro canetas & garrafas de leite plásticas – eletricidade
em Nova York dependência braba, cortar isolamento ar-condicionado da rua pesadelo poluição calor estudar fontes de Força descentralizadas 10 anos.
não monólito termopoluente atômico. Om. Quantas espécies envenenadas biocidadas dos domínios da Terra?
Ó Águia & Baleia Azul com gigantesco Guincho de Gato de dar pena – Ó Baleia balindo ululando rugido supersônico suboceânico do Desespero!
Cantai vosso Reino a América que Língua não ouve! Gritai vosso Grito Negro pelo Éter Radioelétrico –
Gritai na Morte América! Pois não gritou Impropérios o Capitão Ahab ao lançar o arpão
dentro do corpo da grande mãe, a grande Baleia Branca Natureza, esmagando em agonia inteligente imensa inocente nas águas doentes de latas de óleo?
Todo o Vietnãdonorte coberto de Crateras de bombas Laos solo estragado em segredo mais bombas que muitas 2^{as}z Guerras Mundiais!
Pântano do Mekong letacidado por Cérebros Assassinos da Academia do Pentágono Monsanto!
Que sabedoria ensina isso? Que Máfia manda na Nova Jérsei? Que Máfia conhecia J. Edgar FBI?
Que é vendedor de uísque de Schenley Hoover Institute de Fleischman?

Que ópio passou por bagagem de agentes da CIA em aeroportos de Saigon, Bangcoc, Atenas, Washington?
Que policial de repressão a drogas não depende de Herô pro ganha-pão?
Que dinheiro de Banco criado ex-nihil serve a órfão, viúva, monge, filósofo?
ou que dinheiro de Banco serve Lote Asfaltado sobre jardim de viúva? Serve o velho irlandês no Pentágono?
Velhas profecias indígenas dizem que a paz da Dança dos Fantasmas há de trazer de volta às planícies os Búfalos ou fazer o Homem
ser pisoteado esmagado em sonhos com a volta reencarnada trovejante das manadas!
Ó Homem terrível! O que fizemos com o mundo! O homem explorador capitalista do Planeta-Mãe!
Ó homens vãos do tamanho de insetos com escravos de metal às margens do Grande Lago Erie, doces rios Passaic & Hudson envenenados com dólares!
FRAUDE NA CONCORRÊNCIA EM LACKAWANNA manchete do *Buffalo News* dobrado no chão de borracha, carro vibrando uniforme ao sol silêncio do crepúsculo rosado no bosque –
Rádio chiando tosse palavras painel ruidomúsica – Um dia desses Rock Apocalíptico!
Ovos de Pelicanos amolecidos pelo DDT. Fígados de Focas envenenados na Escandinávia. Oceanos Mortos no ano 2000 AD.
Cidadão Televisivo 6% dos seres humanos americanos da Terra ingerem metade da matéria-prima do planeta alquimizada pelo palácio robotizado da Syracuse General Electric Power perto da Estrada de 8 faixas antes do Ramada Inn.
Caminhões da HXL dormindo no encostamento de terra solta depois dos viadutos de esteios de Ferro,

campos reluzentes de úmido lixo metálico sob torres de
fios elétricos –
E matas sobreviveram pra mais um silêncio sacro do Dia
de Ação de Graças –
Faróis de carros em Western Lane na penumbra parda
iluminam ondulações desse terreno de robôs.

novembro de 1970

Um gosto de Milarepa

Quem sou eu? Saliva,
    sopa de legumes,
        boca vazia?

Beata quente, inalar fumaça
    inspirar, prender, expirar –
        leve feito cinza.

Sobrevoando Laramie

Nave da Western Air jogando
sob nuvens negras lá embaixo
Montanhas Rochosas cinzentas pontilhadas
Crepúsculo primaveril,
Olha pra Denver, Allen.
não chora mais por Neal,
Velhos amores fantasmas ossos desaparecidos
Vidas novas inundam as planícies, chuvas
lavam encostas das Rochosas
Mundo gira sob olho do sol
Homem voa um momento secas
estradas montanhosas de Cheyenne
Fossilzinho de braquiópode no bolso
Marisco de calcário pré-cambriano
pequenino feito unha
quatrocentos e cinquenta milhões de anos de idade

Cérebro consumido, carne já atravessou milhares
de reencarnações fantasmas,
imagem de concha de mínimos detalhes
delicada como pensamento endurecido.

– sobrevoando Laramie, pinheiros ravinas
bolsões de neve na serra,
Monólito de Cimento penacho de fumaça
espargindo gás poeira sobre

o planalto vermelho
entrada do Novo Mundo.

12 de abril de 1971

V
De Bixby Canyon à Estrada de Jessore
1971

Brisa verbal caminho oceânico Bixby Canyon

Borboletinha de asas de pontas alaranjadas
esvoaçando ensolarada
de violeta
a violeta

Oceano é retraído
pra vê-lo tem que visitá-lo
Jardim sob penhasco
    Cravos orvalhados,
        amarga Hortelã,
    Salva Marinha,
        Flores de Escrofulária
                de espinhas verdes
        e tom Alaranjado flamejante,
    Antrisco de caule grosso
        e delicado,
    Violetas de folhas estreladas,
    Margaridas azuis
        de olhos amarelos –
vermelhos arbustos de maduras azedas
                amoras-pretas,
            Tremoceiros
de brotos amarelos
        e caules balançando
        nas brisas mornas

de Sol
à margem do fio d'água do riacho
banhadas na ravina
Ponte de nuvem
Suaves cincerros pequeninos
vermelhovinho
da ipomeia,
guardados por rebentos de sumagre venenoso
mãos sujas de óleo
Alsina inglesa
com chifrinhos verdes,
lilás com folhas de círios
sementes negras
em doce ramo de brotos
Ah broto aflautado de
ipomeia
aberto
& comichado até a raiz
de estame em tubo amarelo
por ácaro de seis
pernasbraços
afundando a cabecinha
nas virilhas cheias
de pólen doce,
Subindo tua parede
pétala estriada
até lábio da flor na
luz do sol limpa
e mergulha outra vez
até o pé do teu
estame-língua, tua
flor desfraldada
à luz –

Acima de ti a
Aranha largou
fio único de
seda-categute
ponte
luzente
entre
folhas de hortelã
louquispetadas
& lilás de verdinovo
pleno de brotos e sementes
Granito Sábia
Sobrancelha sobre a margem
da estrada coberta de pimenta-do-reino –
Rocha cinzenta escorrendo
sementes,
dedos fenecidos de arbusto
emaranhados
cara de pedra
– rachada por
caule verde
brotando –
Borbulhar de riacho muito
abaixo do Avião
Ponte
Arcos
de concreto em galeria
Pendentes sobre
estrondo d'ondas
de Oceano
caindo de olhos vazios
respirando água
puxam pra longe

Caraxixu matinal
    em amieiro ensombrado
Margem de estrada – Urtiga
    Ombro de folha
    asas vegetais
    caras de bebês,
        verdes boquiouvidos
        brotando
        Aipo palmispalmado
        mudras Cura-Tudo
        abertos a perguntar por que eu.

Luz do sol tremeluzindo
    em salgueiro galho-folhudo.
abelha de asas de pelos amarelos
            com antena preta
enfiada dentro da boca redonda plena de
        espinhos cor de malva de um cardo,
    garganta de teia orvalhada
        o colarinho de agulhas verdes,
Cabecinha de gato
            simétrica ereta
    de espinhos elétricos
    sob flores-sombrinhas
        de erva gigantesca –

Feixe de terras pinhas
        no ramo de freixo
    ofertado por folhas
    carnudas denteadas

besouro de cara vermelha
        pousado em ponte
egípcia de galhos moles

espetados de samambaias
Água escura
fluindo
entreplantas
pardal trinando
asas castanhas
silvando do alto
água gelada seixos
prata escorre...
Sob o sudário
dos Freixos,
sob úmidas
fenecefolhas,
tubos &
condensadores
de pequenas
máquinas TV Sony fiaradas
enferrujadas de resistores
espadas imensas
de folhas de relva
ipomeia encosta
debruçada sobre clareira
Cada galho elevando
folhelhos finos feito papel,

Samambaias sombrinhas
Vagando juntas
eretas abrindo
alas entre cardos,
trigomoído inclinado
perto da picada da praia –

Ó oceano alvi-
ondeado derramando

sons espumentos sobre
praiareia rochosa
Chevrolet escrito
na boca do radiador
Colocado acima
Propriedade Privada
Entrada Proibida
postes de madeira
talhada

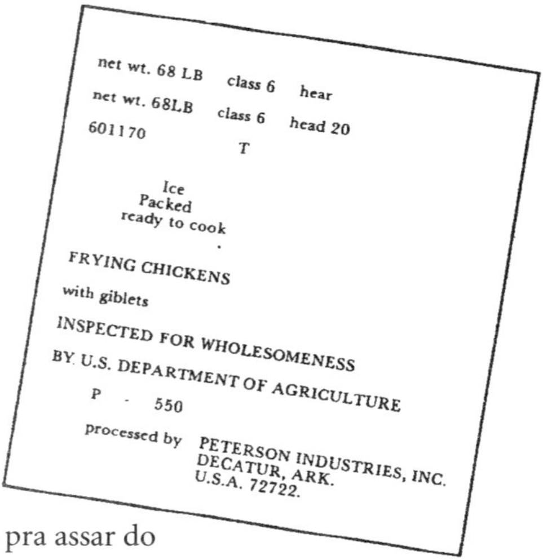
net wt. 68 LB class 6 hear
net wt. 68LB class 6 head 20
601170 T

Ice
Packed
ready to cook

FRYING CHICKENS
with giblets
INSPECTED FOR WHOLESOMENESS
BY U.S. DEPARTMENT OF AGRICULTURE
P - 550
processed by PETERSON INDUSTRIES, INC.
DECATUR, ARK.
U.S.A. 72722.

Frangos prontos pra assar do
Arkansas!
Cemitério de mexilhões
Cheio de urzes –
Arbustos redondos orvalhados
guardando picada
com
mil folhibraços
verdestrelados
embalando gotas de orvalho
brancas
Poste de fios

Telefônicos
enfiado
em terra deslizada há muito
da encosta
Coberto de folha-de-gelo
verde trevo de orla
inteiriça,
pintada de rosa com
Flores de trepadeiras do mar de
multidactilopétalas
Alga marrom ressecada
nervuras empilhadas
à margem do riacho na
areia escura úmida
pra escutar o
ruidoceânico
e esperar a
lenta maré
lunar.

Água do riacho
correndo plana entre
montes e precipícios
de Areia,
pequeninos arizonas úmidos
margens de inundação
– penhascos
embalando os últimos
pardilisos pedregulhos
cagados pelas chuvas
mijados
por tempestade primaveril
das
florestas

serra-
bexiga
Pequenas pedras
de granito preto marcadas pedras
de lareira
levadas ao lugar do último descanso
Língua salgada
de ondinha oceânica
avançando pelo
leito de riacho
garganta de areia
pra banhar espuma &
recolher bolhas
do chassis enferrujado
do Carro
canos algas
& metal pardo,
uma roda de borracha
com furos pretos de
colchões de Areia
rocha erosão

Ó Kerouac
teu carro
quebrado Ei-lo
Digerido em
Água salgada
fundarenoso
Galinha gigantesca
Desalmada
moela de mar repleta
de pedras de mármore
inconscientes –
Vertido estrada

abaixo em
avalanche!
até o focinho
de granito do
penhasco

Ah vê a cabeçorra verde
da grande Alga-serpente
verde beterraba ainda com pelos
de alface
a se esticar
caudarraiz grossa qual dedo
acima das algas menores bordar
ondinhas
correndo línguas
de espuma –
Seria aquela Alga
Inteligente
Einstein de folhas-pelos
cabeça de bulbo sem rosto

Ah pai
Bem-vindo!
A cabeça da foca
está levantada
pra fora d'água,
olhos olhando
de negro
rosto
em espumad'água
flutuando!
Volta outra vez!

Ondas imensas

brancas quebrando
na névoa parda
aves revoando
    espuma nas rochas
    flutuando acima
    da
        pele
            aguada
                enrugada
                    do horizonte
saia
    de oceanoavó
        ribombando
            seixos
    cabelo prata de orelha a orelha.

28 de maio de 1971

Bomba bum!

Bomba quem?
Nós bomba neles!
Bomba quem?
Nós bomba neles!
Bomba quem?
Nós bomba neles!
Bomba quem?
Nós bomba neles!

Bomba quem?
Vós bomba em vós!
Bomba quem?
Vós bomba em vós!
Bomba quem?
Vós bomba em vós!
Bomba Quem?
Vós bomba em vós!

Que fazemos?
Bomba em quem?
Que fazemos?
Bomba em quem?
Que fazemos?
Bomba em quem?
Que fazemos!
Bomba em quem?

Que fazemos?
Vós bomba neles!
Que fazemos?
Vós bomba neles!
Que fazemos?
Nós bomba neles!
Que fazemos?
Nós bomba neles!

Bomba quem?
Nós bomba em tu!
Bomba quem?
Nós bomba em tu!
Bomba quem?
Tu bomba em tu!
Bomba quem?
Tu bomba em tu!

maio de 1971

Setembro na estrada de Jessore

Milhões de criancinhas de ventres inchados
Olhando pro céu, olhões arregalados
Estrada de Jessore – casebres de bambu
Cagam no chão nem têm onde pôr o cu

Milhões de país morrendo
Milhões de irmãs sofrendo
Milhões de mães a parir
Milhões de irmãs sem ter pra onde ir

Um Milhão de tias não têm o que comer
Um Milhão de tios a vê-las a morrer
Avôs aos milhões doentes sem cura
Avós aos milhões afundando na loucura

Milhões de filhas na lama de pé no chão
Milhões de crianças tragadas pela inundação
Um milhão de meninas vomitam agoniadas
Milhões de famílias sozinhas desesperadas

Mil novecentos e setenta e um tanta gente
na estrada de Jessore sob um sol inclemente
Quem não consegue fugir pra Calcutá
Do Paquistão Oriental acaba morrendo por lá

Táxi setembro carroça de carvão nessa estrada
Por esqueletos de bois rumo a Jessore sendo puxada

pista sulcada de chuva, campos inundados
Árvores sujas de bosta, casebres plástico nos telhados

Úmidas caminhadas   Famílias ao léu
Meninos mudos mirrados   só a cabeça cresceu
Veja crânios ossudos   & olhos redondos silentes
Anjos negros esfomeados disfarçados de gente

Mãe de cócoras mostra os filhos chorosa
Pernas magrinhas   parecem freiras idosas
corpinhos miúdos   mãos à boca em prece
Há cinco meses que comida   por lá não aparece

ao lado da panela vazia   numa esteira deitado
O pai levanta os braços ele está desesperado
Vêm lágrimas aos olhos cansados de sua mulher
A dor faz a mãe Maya chorar & sofrer

Duas crianças juntas   na sombra paradas
Me olham fixamente   permanecem caladas
Uma vez por semana,   leite arroz e lentilhas
É tudo que a guerra da às crianças suas filhas

Ao pai falta comida dinheiro e trabalho também
O arroz dura quatro dias   é comer enquanto tem
As crianças passam três dias   sem se alimentar
e depois vomitam quando comem   se não comem devagar

Na estrada de Jessore   ajoelhada a minha frente
Mulher chorando disse   em bengali ajuda a gente
O cartão de identidade   foi rasgado sem querer
Meu marido foi na agência   mas ninguém quer atender

Eu estava ocupada o neném pegou o cartão
Agora não querem mais dar comida pra nós não

Trago aqui na minha bolsa os pedaços guardados
Uma brincadeira de criança   e estamos desamparados

Dois policiais cercados   por milhares de menininhos
Esperando ansiosos   pra ganhar alguns pãezinhos
Os policiais têm apitos   & porretes pra impor respeito
& manter a disciplina   Mas os garotos não têm jeito

O menorzinho de todos   sai da fila de repente
Fura o cerco dos guardas   e fica bem lá na frente
Dois irmãos seguem o exemplo   também saem do lugar
Os guardas saem correndo atrás   possessos a apitar

Por que é que essas crianças   estão aqui amontoadas
Rindo brincando correndo   & trocando cotoveladas
Por que esperam tão alegres   & com tanta tensão e
esperança
É por aqui nessa Casa distribuem pão pras crianças

O homem da Casa do pão   vai à porta & dá um grito
Milhares de meninos & meninas   repetem o que foi dito
É alegria? é uma prece ?   "Hoje não tem mais pão"
E um grito de "Hurra!"   se eleva da multidão

Voltam correndo pros barracos   onde ficam à espera
os pais
E os pequenos mensageiros   avisam que pão não tem
mais
Acabou o pão do governo! no casebre apertado
& o bebê está doente, está muito desarranjado.

Desnutrição afeta crânios os torna pequeninos
Disenteria esvazia   ao mesmo tempo todos os intestinos

Enfermeira mostra cartão Está faltando Enterostrep
Precisa de suspensão ou então Chlorostrep

Campo de refugiados clínica improvisada
Recém-nascido no colo da mãe escaveirada
O outro tem uma semana nem parece gente não
Vai morrer de Reumatismo Gastrenterite Intoxicação

Setembro em Jessore Num jinriquixá
50.000 almas num dos campos eu vi lá
Cabanas de bambu totalmente inundadas
Esgoto a céu aberto famílias esfomeadas

Os caminhões com a comida estão ilhados com a enchente,
Angélica máquina americana vem correndo que é
urgente!
O embaixador Bunker estará muito ocupado?
Vendo criancinhas metralhadas por soldados?

Os helicópteros da USAID por onde andarão?
Traficando heroína lá nas matas do Sião.
E nossa Força Aérea gloriosa, onde andará a voar?
Nos céus do norte do Laos, soltando bombas sem parar?

Onde o Exército de Ouro de nosso grande Presidente?
Onde a Marinha bilionária piedosa e Valente?
Nos trazendo remédios agasalho alimento?
Lançando sobre o Vietnã Napalm e mais sofrimento?

Onde as nossas lágrimas? Quem chora por tanta maldade?
Pra onde irão todas essas famílias na tempestade?
Em Jessore as crianças fecham os olhos a pensar:
Quando Nosso Pai morrer onde é que vamos morar?

A quem iremos rezar pedindo carinho e comida?
Quem vai trazer pão pra esta casa inundada e fedida?
Milhões de crianças na chuva sem amor!
Milhões de crianças chorando de dor!

Ó línguas do mundo denunciai esta dor que não vemos
Ó vozes do mundo clamai pelo Amor que não sabemos
Ó sinos de dor elétrica, dobrai com insistência
Despertai na mente da América ó sinos a consciência

Quantas seremos nós pobres crianças perdidas?
De quem são filhas estas que vemos perderem suas vidas?
Que valem nossas almas se não mais nos importamos?
Cantemos canções & choremos se ousamos –

Chora no chão do lado da casa onde o esgoto é derramado
Dorme dentro dos canos largados no campo enlameado
espera ao lado do poço. Maldito seja este mundo
onde bebês passam fome deitados num catre imundo!

Foi isso que no passado a mim mesmo causei?
Que hei de fazer? ao Poeta Sunil perguntei.
Não lhes dar nenhum dinheiro e então seguir em frente?
Ao prazer de minha carne devo tornar-me indiferente?

De nossas cidades e carros devemos nos esquecer?
Com nosso dinheiro em Marte o que poderemos fazer?
Quantos milhões em Nova York neste exato momento
estão jantando satisfeitos um bom leitão suculento?

Quantos milhões de latas de cervejas são jogadas
nos Oceanos da Mãe? Quanto custa a Mãe aviltada?
Charuto sonhos de asfalto automóvel e gasolina
Poluindo o ar e escondendo as estrelas pequeninas –

Com um suspiro termina   tua guerra interior
Com teu olho verte lágrimas   e sente-lhes o sabor
Tem pena desses milhões que na TV planetária
tu vês iguais a fantasmas   morrendo de fome em
Samsara

Quantos milhões de crianças ainda hão de morrer nesse horror
antes que as Boas Mães percebam o Grande Senhor?
Quantos bons pais com seus impostos hão de sustentar
Exércitos que matam   criancinhas sem parar?

Quantas almas caminhar na dor na ilusão
Quantos bebês   na chuva na solidão?
Quantas famílias   perdidas desamparadas?
Quantas avós   sofridas desesperadas?

Quantos amores a quem falta pão?
Quantas Tias baleadas no chão?
Quantas irmãs com crânios esmagados?
Quantos avôs   para sempre calados?

Quantos pais sofridos
Quantos filhos   perdidos?
Quantas filhas   sem nada pra comer?
Quantos tios   com os pés a doer?

Milhões de bebês no sofrimento
Milhões de mães ao relento
Milhões de irmãs sofridas
Milhões de crianças   perdidas.

14-16 de novembro de 1971

Posfácio

A partir do "longo poema destes Estados", *A queda da América* dá prosseguimento à crônica de *Planet News* gravada em fita escrita à mão ou em canto condensada, fluxo de consciência de carro ônibus avião sonho de Ser Humano durante anos da Guerra Eletrônica Automática, poesia de manchete rádio cérebro carro & silenciosas meditações em quarto, faróis riscando estradas por todos estes Estados da consciência. Os textos dedicados a Whitman o Bom Poeta Grisalho complementam os já publicados *Wichita Vortex Sutra* e *Iron Horse*. O livro começa entrando pelo canto noroeste da fronteira desce a Califórnia pela costa Natal de 1965 e perambula para o leste inclui epopeia histórica no Kansas & Bayonne, mantras em apartamentos enfumaçados de Cleveland, solilóquios noturnos em hotéis dos Grandes Lagos, profecias derrotistas no Nebraska, lambe-saco social em Houston, rapsódias de sexismo gay, elegia por amor amigo poeta heróis tecida pelos anos de prata da América, automudanças de vogais pacifistas em Robô-ópolis, balbucio de ondas & preces em aviões, reportagem nas Presidentíadas de Chicago com gás lacrimogêneo de estado policial, consciência do corpo em desastre de carro, inventório ecologa na Megalópole de ferro da costa atlântica & Amplidões poluídas dos desertos do oeste. De volta ao lar, amores-lixos de Mannahatta sobrevivem, fazenda sem eletricidade colheita de outono é paranoia-culpa do ilegal bombardeio da Indochina: meditação Guru Om irrompe no descampado país vazio das maravilhas petroquímicas, & então adeus à América desamorada. Livro volta à florida costa do Pacífico com clamor antibomba, depois transoceano grande fome & sofrimento se impõe, ossudo humano *Setembro na estrada de Jessore* final lamento mântrico rimado pra coro com harmonia ocidental de fá menor si bemol mi bemol si bemol.

Allen Ginsberg
7 de outubro de 1972

Coleção L&PM POCKET (LANÇAMENTOS MAIS RECENTES)

1046.**O horror em Red Hook e outras histórias** – H. P. Lovecraft
1047.**Noite em claro** – Martha Medeiros
1048.**Poemas clássicos chineses** – Li Bai, Du Fu e Wang Wei
1049.**A terceira moça** – Agatha Christie
1050.**Um destino ignorado** – Agatha Christie
1051(26).**Buda** – Sophie Royer
1052.**Guerra Fria** – Robert J. McMahon
1053.**Simons's Cat: as aventuras de um gato travesso e comilão – vol. 1** – Simon Tofield
1054.**Simons's Cat: as aventuras de um gato travesso e comilão – vol. 2** – Simon Tofield
1055.**Só as mulheres e as baratas sobreviverão** – Claudia Tajes
1056.**Maigret e o ministro** – Simenon
1057.**Pré-história** – Chris Gosden
1058.**Pintou sujeira!** – Mauricio de Sousa
1059.**Contos de Mamãe Gansa** – Charles Perrault
1060.**A interpretação dos sonhos: vol. 1** – Freud
1061.**A interpretação dos sonhos: vol. 2** – Freud
1062.**Frufru Rataplã Dolores** – Dalton Trevisan
1063.**As melhores histórias da mitologia egípcia** – Carmem Seganfredo e A.S. Franchini
1064.**Infância. Adolescência. Juventude** – Tolstói
1065.**As consolações da filosofia** – Alain de Botton
1066.**Diários de Jack Kerouac – 1947-1954**
1067.**Revolução Francesa – vol. 1** – Max Gallo
1068.**Revolução Francesa – vol. 2** – Max Gallo
1069.**O detetive Parker Pyne** – Agatha Christie
1070.**Memórias do esquecimento** – Flávio Tavares
1071.**Drogas** – Leslie Iversen
1072.**Manual de ecologia (vol.2)** – J. Lutzenberger
1073.**Como andar no labirinto** – Affonso Romano de Sant'Anna
1074.**A orquídea e o serial killer** – Juremir Machado da Silva
1075.**Amor nos tempos de fúria** – Lawrence Ferlinghetti
1076.**A aventura do pudim de Natal** – Agatha Christie
1077.**Maigret no Picratt's** – Simenon
1078.**Amores que matam** – Patricia Faur
1079.**Histórias de pescador** – Mauricio de Sousa
1080.**Pedaços de um caderno manchado de vinho** – Bukowski
1081.**A ferro e fogo: tempo de solidão (vol.1)** – Josué Guimarães
1082.**A ferro e fogo: tempo de guerra (vol.2)** – Josué Guimarães
1083.**Carta a meu juiz** – Simenon
1084(17).**Desembarcando o Alzheimer** – Dr. Fernando Lucchese e Dra. Ana Hartmann
1085.**A maldição do espelho** – Agatha Christie
1086.**Uma breve história da filosofia** – Nigel Warburton
1087.**Uma confidência de Maigret** – Simenon
1088.**Heróis da História** – Will Durant
1089.**Concerto campestre** – L. A. de Assis Brasil
1090.**Morte nas nuvens** – Agatha Christie
1091.**Maigret no tribunal** – Simenon
1092.**Aventura em Bagdá** – Agatha Christie
1093.**O cavalo amarelo** – Agatha Christie
1094.**O método de interpretação dos sonhos** – Freud
1095.**Sonetos de amor e desamor** – Vários
1096.**120 tirinhas do Dilbert** – Scott Adams
1097.**124 fábulas de Esopo**
1098.**O curioso caso de Benjamin Button** – F. Scott Fitzgerald
1099.**Piadas para sempre: uma antologia para morrer de rir** – Visconde da Casa Verde
1100.**Hamlet (Mangá)** – Shakespeare
1101.**A arte da guerra (Mangá)** – Sun Tzu
1102.**Maigret na pensão** – Simenon
1103.**Meu amigo Maigret** – Simenon
1104.**As melhores histórias da Bíblia (vol.1)** – A. S. Franchini e Carmen Seganfredo
1105.**As melhores histórias da Bíblia (vol.2)** – A. S. Franchini e Carmen Seganfredo
1106.**Psicologia das massas e análise do eu** – Freud
1107.**Guerra Civil Espanhola** – Helen Graham
1108.**A autoestrada do sul e outras histórias** – Julio Cortázar
1109.**O mistério dos sete relógios** – Agatha Christie
1110.**Peanuts: Ninguém gosta de mim... (amor)** – Charles Schulz
1111.**Cadê o bolo?** – Mauricio de Sousa
1112.**O filósofo ignorante** – Voltaire
1113.**Totem e tabu** – Freud
1114.**Filosofia pré-socrática** – Catherine Osborne
1115.**Desejo de status** – Alain de Botton
1116.**Maigret e o informante** – Simenon
1117.**Peanuts: 120 tirinhas** – Charles Schulz
1118.**Passageiro para Frankfurt** – Agatha Christie
1119.**Maigret se irrita** – Simenon
1120.**Kill All Enemies** – Melvin Burgess
1121.**A morte da sra. McGinty** – Agatha Christie
1122.**Revolução Russa** – S. A. Smith
1123.**Até você, Capitu?** – Dalton Trevisan
1124.**O grande Gatsby (Mangá)** – F. S. Fitzgerald
1125.**Assim falou Zaratustra (Mangá)** – Nietzsche
1126. **Peanuts: É para isso que servem os amigos (amizade)** – Charles Schulz
1127(27).**Nietzsche** – Dorian Astor
1128.**Bidu: Hora do banho** – Mauricio de Sousa
1129.**O melhor do Macanudo Taurino** – Santiago
1130.**Radicci 30 anos** – Iotti
1131.**Show de sabores** – J.A. Pinheiro Machado
1132.**O prazer das palavras** – vol. 3 – Cláudio Moreno
1133.**Morte na praia** – Agatha Christie
1134.**O fardo** – Agatha Christie
1135.**Manifesto do Partido Comunista (Mangá)** – Marx & Engels
1136.**A metamorfose (Mangá)** – Franz Kafka
1137.**Por que você não se casou... ainda** – Tracy McMillan
1138.**Textos autobiográficos** – Bukowski
1139.**A importância de ser prudente** – Oscar Wilde
1140.**Sobre a vontade na natureza** – Arthur Schopenhauer
1141.**Dilbert (8)** – Scott Adams
1142.**Entre dois amores** – Agatha Christie
1143.**Cipreste triste** – Agatha Christie

IMPRESSÃO:
GRÁFICA EDITORA Pallotti IMAGEM DE QUALIDADE
Santa Maria - RS - Fone/Fax: (55) 3220.4500
www.pallotti.com.br

ALLEN GINSBERG
(1926-1997)

ALLEN GINSBERG nasceu em Newark, Nova Jersey, no dia 3 de junho de 1926, filho de um professor e também poeta e de uma fervorosa militante comunista. Na adolescência, já admirava a poesia de Walt Whitman. Entrou para a Columbia University em 1940 e passou a colaborar com publicações universitárias. Nessa mesma época, conheceu Lucien Carr, que o apresentou a William Burroughs, Jack Kerouac e Neal Cassady, por quem se apaixonaria. Também em Nova York conheceu Gregory Corso, que se tornaria um grande amigo e colaborador.

Em 1954, mudou-se para São Francisco, onde começou a participar da cena cultural local. No dia 7 de outubro de 1955, Ginsberg organizou o The Six Gallery Reading, evento no qual realizou a primeira leitura pública do seu poema "Uivo" e que entraria para a história como o início da geração beat. Em 1956, a City Lights – editora do poeta Lawrence Ferlinghetti – publicou *Howl and Other Poems* (*Uivo e outros poemas*, L&PM POCKET, 2005), mas o livro logo foi censurado por obscenidade e tirado de circulação. Após um tumultuado processo, foi finalmente liberado, e "Uivo" se tornou um dos poemas mais lidos do século.

Nas décadas de 1960 e 1970, Ginsberg se aprofundou no estudo do budismo, iniciando uma jornada espiritual que se estenderia até o final da vida. Se envolveu em inúmeras atividades políticas, incluindo protestos contra a Guerra do Vietnã. Lutou igualmente pelo reconhecimento dos direitos dos homossexuais e pela legalização da maconha. Publicou diversas antologias de poesia, incluindo *Kaddish and Other Poems* (1961), *Planet News* (1969) e *A queda da América* (1973), que ganhou o National Book Award.

Em 1993, foi condecorado com o título de Chevalier des Arts et des Lettres do Ministério da Cultura da França. Morreu no dia 5 de abril de 1997, em decorrência de uma hepatite, em Nova York.

Livros do autor publicados pela **L&PM** EDITORES

As cartas (com Jack Kerouac, editadas por Bill Morgan e David Stanford)
Cartas do Yage (com William Burroughs; **L&PM** POCKET **PLUS**)
Uivo e outros poemas
Uivo e outros poemas (**L&PM** POCKET)

Leia também na Coleção **L&PM** POCKET

Geração beat – Claudio Willer (Série **ENCYCLOPAEDIA**)